いつか来る季節　名古屋タクシー物語　目次

ドライブスルー

写真　広小路尚祈
装画　箕輪麻紀子
装丁　三矢　千穂

日曜日の乗務

日曜日の乗務はのんびりしたもの。別にのんびりしたくてするのではない。のんびりなどしていたくはないのに、のんびりせざるを得ないのだ。

平日ならば朝は通勤のお客さん。寝坊をしただとか、二日酔いで電車に乗って行くのが億劫だとか、朝一番で出張に出掛けるだとか、様々な事情を抱えたお客さんを血眼になって探し、お乗せする。日中はビジネス客、買い物客、病院へ通う高齢者。夕方からは夜の繁華街へ出勤されるホステスさん、酒を飲みに出掛ける人、会社から自宅へ帰る人。夜中は終電を逃した人、酔い過ぎて歩けなくなった人、仕事を終えて帰宅するホステスさんをはじめとする、夜働く人々。一日のスケジュールとしては、大体こんなもの。

ところが日曜日は会社も病院も繁華街の飲み屋も、そのほとんどが休みだ。デパートなどは休日のほうが賑わうが、日曜の街にはタクシーが余っている。渋滞の中をコツコツ流しても、なかなかお客さんは見つからず、ようやく見つけても、隣を走っていたタクシーにすっと割りこまれてしまうこともある。なにくそ、と思うが、同じことをするわけにはいかない。第一に危険であるし、周囲にはそれを見ている人が沢山いる。もし「あの会社のタクシーは危険な運転をする」といった類の悪い評判が立てば、いずれ自分や仲間の首を絞めることになってしまう。今のご時世、悪評はすぐに広がる。

朝からいつものルートを流したが、午前中は一組しか乗せられず、「午後からが勝負」と言い訳がましく呟いて、喫茶店で早めの昼食を済ませた。アフターコーヒーまでしっかり飲んで店を出、車に戻る途中で「そういえば……」と思い出した。今日は名駅に入れる日じゃないか。

ＪＲ名古屋駅のタクシー乗り場への乗り入れを許された会社のタクシーには、フロントグリルのところに「ＪＲ」と書かれた小さなプレートが取り付けられている。しかし取り付けられているからといって、いつでも入れるわけではない。プレートには赤、青、緑、と三色あって、その色によって入れる日が決まっているのだ。つまり毎日同じ車に乗務していても、三日に一度しか順番が回って来ない。おれの場合は一日おきに乗務する勤務形態、いわゆる本番勤務なので、計算では三乗務につき一度回ってくることになるが、その日がたまたま公休日に当たる場合もあるので、実際の確率はもっと低くなる。そんな貴重な機会がお客さんの少ない日曜日に当たるというのは、なかなかにツイているといえるのではないか。

午後からは名駅に賭けてみようか。駅のタクシー乗り場でじっと待つより、積極的にお客さんの多そうな場所を探ったほうが気分の上でも楽だし、自分の経験や仲間の話、事前に調べておいた情報などを参考にして立てた予想がぴたりと当たり、多くのお客さんを乗せられたときこそが、この仕事の醍醐味を最も感じられる瞬間であるとも思う。だが今日は、市内で大きなイベントが開催されるという情報は無いし、季節的にもまだ寒く、桜の花もまだだ。じっくり粘ってみるのも、悪くないかもしれない。

そう決めて名古屋駅に向かって車を走らせたが、また新たな迷いが生じた。桜通口側にしようか、太閤通口側にしようか。

利用者数が多く、回転が早いのは桜通口側だが、「お化け」と呼ばれる長距離客を狙うなら、やはり新幹線の改札に近い、太閤通口側だろう。運良く気前の良い観光客にでも当たれば、半日ぐらい「貸切」にしてくれるかもしれない。ただし、そういったお客さんは決して多くはない。なかなか出そうで出ない、本当にいるのかどうかも解らないから「お化け」なのだ。回転の良い桜通口側か、回転率では劣るが「お化け」の出現率が高い太閤通口側か。コツコツいくか、大穴を狙うか。

次の信号で停まったとき、横断歩道を最初に渡った人が男性だったら太閤通口、女性だったら桜通口、ということにしようか。どうせギャンブルさ、人生なんて。いいも悪いも出たとこ勝負。なんてやさぐれた考え方はよくないか。しかしタクシー乗り場での客待ちは、ギャンブルとはいえないまでも、福引のようなものではないだろうか。

おじいさんか。太閤通口側だな。あのおじいさん、なかなかの風貌をしている。粋なハットに、白いひげをたくわえて。紳士だ。人生の成功者という感じがする。幸運の匂いがする。

太閤通口のタクシー乗り場で、中型車の長い列に加わった。すんなり入れただけでも、幸運というべきか。ロータリーの中には、タクシーが六列に並んでいる。[注1]中型車が四列、小型車が二列。前後左右、タクシー、タクシー、タクシー。ここに入りきれない車は進入路の脇で、列が進むのを待つことになっている。そこも一杯で入れない場合は、しばらく辺りを流すなどして、空くのを待つしかない。外の道路にまではみ出して並ぶことは、禁じられているからだ。

列に車を入れたら、しばらくは動かせない。左隣の列の車が全部進んで、そのまた隣の列の車が全部進んで、その次に右隣の列の車が全部進んで、ようやくこの列の車が一台ずつ進める。一時間以上このまま、ということも珍しくはない。この間にトイレに行ったり、缶コーヒーを買って飲んだり、新聞を読んだり。待つのもタクシードライバーの仕事、そう思いながらも、心のどこかで少し焦っている。

こんなときは、明るい妄想をするに限る。おれの番になったら急に辺りが騒がしくなって、なんだなんだ、と思っていると、黒い服を着た男たちに囲まれた、アブドーラ・ザ・ブッチャーみたいな、またはザ・シークみたいな、あの布、ゴトラといったか、あれを頭に被った紳士がやってきて、「スミマセーン、ヨッカイチノコンビナートマデ」と乗ってきて、四日市まで乗せて、降ろすときには妙に感謝されて、「アナタノウンテン、トッテモアンゼンネ、ノリゴコチモサイコーネ、アア、コレ、オツリイイカラ」とスイス銀行の帯のついた百万円の札束をくれる、とは飛躍しすぎか。大体そういう紳士は、きっとロータリーからタクシーには乗らないな。専用車か、取引先の用意したハイヤーだろう。ならば、子犬を抱いたマダム、というのはどうか。「今新幹線に乗ろうとしたら、この子怖がるのよ。いつも車だから慣れないのね。すみませんけど、東京まで行って下さる？」。いいな、東京。ガス、どこまでもつかな。帰りにどこかでうまいラーメンでも食ってこようか。

妄想にも飽きた頃、ようやく前の車が動いた。じり、じり、一台ずつ自分の順番が迫って来る。どのお客さんがこの車に乗るのかと、タクシー乗り場に向かって歩いてくる人々を前から順に数えてみると、アラブの紳士ではなかったが、スーツを着込んだ外国人だった。アメリカ人か、イギリス人か、それともオーストラリア人か。エリートのビジネスマン、といった感じがする。ついつい期待が膨らむ。

なんちゃら証券、なんちゃら銀行、そんなところに勤めていて、今日は出張でこの名古屋にやってきたのだろうか。しかし日曜日だぞ？　銀行も証券会社も休みなんじゃないか？　もしかして、国に帰るのか？　アメリカかイギリスかオーストラリアへ。すると行き先はセントレア？　いいな。名古屋高速から知多半島道路へ。回るぞ、メーター。ぐるぐるぐるぐる、すごい勢いで。

乗り込んできた紳士に興奮を覚られないよう意識的に声のトーンを落して、ゆったりと挨拶をする。

「ご乗車ありがとうございます。新名古屋タクシーの加藤と申します。どちらまで参りましょうか？」

「ここに行きたいんですけど、わかりますか？」

流暢な日本語と共に見せられたパンフレットに書いてあった会社の所在地は、ここと同じ中村区内だった。すぐ近くだ。かなり待ったのに、近距離か。妄想にはこういった落し穴がある。現実とのギャップが、落胆をより大きくさせるのだ。十年もタクシーに乗っているのに、こんなことは数え切れないほど経験しているのに、未だ妄想をやめられない。これはもう癖なのだろう。悪癖だ。

だが、これでもプロのタクシードライバー。近距離のお客さんだからといって、嫌な顔をしてはいけない。行き先が遠かろうが近かろうが、お金を払って乗って下さる大切なお客様だ。長時間待ったからなんだというのだ。それはあくまでもこちらの都合。それに、もしここに入らずに街を流していたって、一時間以上お客さんを見つけられないかもしれない。まして今日は日曜日だ。メーターを倒せるだけでもありがたいじゃないか。

「こちらでしたら、太閤通を西に向かうルートが一番近いと思いますが、それでよろしいでしょうか？」

「お任せします」

任せてくれるに決まっている。だってこの人、これから訪問する会社の場所も知らないのだから。

「この道が太閤通ですか？」

走り出してしばらくしたところで、後ろから訊かれた。バックミラー越しに微笑みながら返事をする。

「そうですよ」

「太閤通とは、さすがに豊臣秀吉の故郷ですね」

「ほう、お詳しいですね」

「日本の歴史、面白いですから、勉強しました。私、豊臣秀吉のこと、とても尊敬しています」

感慨深げに窓の外を見つめるお客さん。秀吉のファンなのだろうか。

名古屋といえば三英傑。お客さんとも時々、三英傑の話になることがある。観光客や遠方からのビジネス客ばかりでなく、地元の方をお乗せしたときもそうだ。人気ナンバーワンはやはり信長。型破りで、派手で、荒々しい、いかにも英雄といったイメージに、多くの人が惹かれるのだろう。あとの二人、秀吉と家康の人気は、どっちもどっち、といったところだろうか。ただこの二人を好む人たちには、それぞれなにか共通するものがあるように感じる。秀吉は言わずと知れたアイデアマンで、戦乱の世を自らの才気ひとつで駆け抜け、天下人にまで昇りつめた人物だ。そういった部分に、現代のビジネスマンたちも憧れを抱くのだろうか。一代で会社を築き上げたという方や、今現在出世街道まっしぐら、といった印象の、いかにも勢いのありそうな方に人気が高いように感じる。家康を好む人の場合は、「堅実な人」というイメージか。老舗のご主人とか、安定した企業に勤めるサラリーマンとか。もっとも、これは単なる思い込みかもしれないが。

「今日はお仕事で名古屋においでになったんですか？」

「そうです。新しい取引先の社長さんに初めてお会いするのです」

「日曜日なのに、大変ですね」

「忙しいから、日曜日しか駄目だと言われました。何度もお願いして、ようやくアポイントメントを取れましたが、うまくいくかどうかはまだわかりません」

そういうとお客さんは、急に不安げな顔をして、大きな溜め息を吐いた。

このお客さんはもしかしたら、案外と苦しい立場にあるのかもしれない。具体的な状況については何もわからないし、相手の社長さんがどんな人かも知らないが、つい絶望的な想像をしてしまう。ビジネスの話をするのになぜ会社が休みの日曜日なのか。先方は忙しいらしいが、重要な話であれば忙しい最中にでも時間を作ろうとするのではないだろうか。つまり日曜に回されるということは、先方は優先順位の低い話、と認識しているのではないだろうか。まあ、すべての企業が日曜日を休みにしているわけではないけれども。

「うまく行くといいですね」

「ありがとうございます」

立身出世を目指し、アメリカかイギリスかオーストラリアかは知らないが、遠い国から日本にやってきて、東京からか大阪からかは知らないが、日本での拠点であるのだろう遠い街から新幹線に乗ってやってきて、ようやく約束を取り付けて会えた先方の社長から冷たくあしらわれ、失意を胸に背中を丸め、また新幹線に乗って帰って行く、そんな姿を想像するといたたまれない。あるいは、「検討しとくわ」と言われて、日本式というのか、名古屋式というのか、ビジネス的「検討します」を真に受けて、喜々として帰り、数日後に返事を聞いてがっかりする、なんてこともあるかもしれない。

「あれはなんですか？」

大鳥居の前を通過しようとしたとき、お客さんが驚いたように声を上げた。驚くのも無理はない。初めてこの中村にやってきた人の多くは、同じような反応をする。街中に突如として現れる、赤く、大きな鳥居。特に太閤通を名古屋駅方面から西に向かって走って行くと、この鳥居のある中村公園前の交差点に入る直前までまったく姿が見えず、突如として、といった感じがより強くなる。

「中村の大鳥居です。この奥に秀吉を祀った豊国神社があるんですよ」

「秀吉の神社ですか。それは素晴らしい。ここから遠いのですか？」

「さっきの鳥居をくぐったらすぐですよ」

「では戻って、鳥居をくぐってください。ちょっとお参りしていきます」

ゲンを担ぎたくなる、というのは万国に共通する感情なのだろうか。しかしこのお客さん、日本の神様にお参りなどして大丈夫だろうか。西洋の神様に叱られやしないだろうか。触らぬ神に祟りなし、とも言うし。そんな心配が頭をよぎるが、おれはタクシードライバー。お客さんが行けと言った場所に向かって車を走らせるのが仕事だし、走らせれば走らせるだけ、メーターの数字も伸びる。断る、という選択肢はない。

次の交差点を左折、一本目の一方通行の道をまた左折し、中村公園の駅前へ出て、正面から鳥居をくぐると、間もなく豊国神社へ突きあたる。「案内してくださいますか」とのリクエストに応え、近くの駐車場に車を停めて、一緒に二本目の鳥居をくぐった。

「小さいですね……」

正面にある三本目の鳥居と社殿を一目見るなり、がっかりしたようにそう呟いて、お客さんは首を傾げた。

参道の入り口にある大鳥居は、高さが二十四メートル、幅が三十四メートルある巨大なもので、建立された１９２９年当時は、日本一の大きさであったと伝えられている。あの大きな鳥居の奥にある社殿、このお客さんはもっと大規模なものを想像していたのかもしれない。

「小さいですけど、間違いなく秀吉公が祀ってありますので」

「でも、小さい……」

釈然としない様子で手を合わせている。せっかく引き返してまで鳥居をくぐり、お参りに来たのに、なんで来る前より元気が無くなっちゃっているんだよ。それに、地元の人間としてはあまりいい気はしない。小さくて何が悪いのだ？　当の秀吉公だって小柄な人であったと聞く。山椒は小粒でピリリと辛い、と言うでしょうに。

そうは思うものの、これからこのお客さんは、商談をするのだ。こんな様子ではうまく行くはずのものも、失敗してしまうかもしれない。おれにも秀吉公にも落ち度はないはずだが、なんとなく気が咎める。

お客さんがお参りの最後に深い一礼をしたとき、社殿のすぐ裏にある競輪場から、鐘の音が聞こえて来た。

「あの音はなんですか?」

「競輪場の鐘でしょう」

競輪ファンはあの鐘を「ジャン」と呼ぶ。「ジャン」と鳴るから「ジャン」だ。反響の具合次第では「オジャーン、オジャーン」とも聞こえる。「商談がおじゃんになる」、なんてことを考えてはいけないな。他人様の不幸ばかりを想像するようになっては、人間お仕舞いだ。

駐車場に戻り、お客さんを後部座席に乗せ、車を出した。目的地までは、あと五、六分といったところだろう。

目的地である会社の前でお客さんを降ろした後も少し気になって、しばらく辺りを流した。同じところを何度もぐるぐる回っているうちに、とある交差点で年配の女性を拾った。

「わーるいけどがね、栄のデパートまで行っておくれんかね」

「承知しました」

太閤通を東に、栄町を目指す。笹島の交差点を抜ければ、この通りは広小路通と名前を変える。納屋橋を越えれば、栄町のある中区だ。

「孫が就職するもんで、お祝いを送ってやろうと思ってねえ。どんなものがいいだらあねえ。やっぱり、ネクタイかねえ」

「おめでとうございます。いいネクタイがみつかるといいですね」

「若い人の好みはわからんでねえ。まあ、店員さんに訊いてみるのがきっと一番だわねえ」

ルームミラー越しに見えた、穏やかな笑顔。良い天気。のんびりとした、日曜日の午後。広小路通は栄町に近づくにつれて、混雑するかもしれない。納屋橋を越えた辺りで、三蔵通に入ったほうがいいだろうか。

さっきのお客さんのことは、もう忘れた。このお客さんを降ろしたら、しばらくデパートの周りを流してみようか。それとも昼食後に決めた通り、名駅で粘ろうか。

次のお客さんはどんな人だろうか。

注1） 現在では、中型・小型といった乗り場の区別はなくなっている。

山あり、谷あり、そして丘あり

すっと挙げられた手を見つけたら、ルームミラーからフェンダーミラーへ、フェンダーミラーから左後方の小窓へ、流れるように視線を移して安全を確認し、ウインカーを左に入れ、緩やかにハンドルを切り、柔らかなブレーキ操作で車を停め、レバーを操作してドアを開ける。一日に何度も繰り返すことだが、この一連の動作をスムーズに為し終えるたび、「ああ、おれってプロっぽいなあ」と感じる。

「ご乗車ありがとうございます。新名古屋タクシーの加藤と申します。どちらまで参りましょう？」

「千種方面へ、このまま真っすぐ行ってくれる？」

「承知しました。千種方面へ真っすぐですね」

千種、と聞いてまず思い出すのは、長与千種。クラッシュギャルズで一世を風靡したあの女子プロレスラーだ。彼女の名はあくまでも「ちぐさ」で、今から向かうのは「ちくさ」。濁点のあるなし、という違いがあるのに、なぜか最初に思い出してしまう。

次に思い出すのは、今池駅から千種駅にかけての街並み。よい飲み屋があり、よい本屋があり、よい映画館があり、よいライブハウスがある、あの、静かで、しかし混沌とした、独特の賑わい。三番目に思い出すのは「坂」だろうか。名古屋の中心部から千種区を横切るように東へ向かって走って行くと、池下の辺りから急にアップダウンが激しくなる。それは地下鉄東山線の駅名を見てもわかる。池下のひとつ東が覚王山、その次が本山、そして東山公園と、名前に「山」

のつく駅が三つ続く。その先は星ヶ丘だ。途中で乗り換え可能な名城線にも、本山の一つ北に自由ヶ丘という駅がある。山が三つに丘二つ。

駅名としては山のほうがひとつ多いが、地名については丘がやや優勢だろうか。この辺りには、星ケ丘、自由ケ丘のほかにも、月ケ丘、霞ケ丘、南ケ丘、光が丘、千代が丘、桜が丘など、「丘」のつく地名がやたらと多い。名古屋市東部には丘を切り開いて造った住宅地が多く、隣接する名東区や天白区などにも似た傾向はあるが、狭い範囲にこれだけ「丘」が集中している地域は、ちょっと珍しいのではないか。

狭い範囲に似たような地名が集中しているせいか、色々とややこしいことも起こりやすい。たとえば今池あたりで「自由ケ丘まで」というお客さんを乗せたとする。そのとき頭では「自由ケ丘」だとわかっているつもりなのだが、「自由ケ丘」のすぐ東側には「希望ケ丘」がある。もう少し進んで富士見台を抜けると、そこは「光が丘」だ。これらを時々混同してしまうのである。自由、希望、光。字面も響きもあまり似ていないが、なんとなくこの三つの言葉には、共通するなにかがあるような気がする。輝きに満ちた、日当たりのいい言葉、とでもいおうか。太陽に近い場所に相応しい地名、とでもいおうか。おそらくそれが原因なのだろう。あらかじめカーナビをセットしておけば問題ないはずなのだが、知っているはずの場所に行くのだから、お客さんを乗せた時点でそうしようという気が起こるはずもなく、わかっているつもりで走り出して、途中で「あれ？」となるから厄介なのだ。

千種区の地理のややこしさは、これにとどまらない。丘の問題を克服しても、今度は「山」と「谷」の問題がある。なかでもわけがわからないのが、本山の交差点だ。この本山交差点、覚王山方面から向かうにしても、星ヶ丘方面から向かうにしても、自由ケ丘方面から向かうにしても、名古屋大学方面から向かうにしても、必ず坂を下らなければ辿りつけない。どうやら本山の交差点は「谷」にあるらしい。さらにややこしいことに、谷にある本山交差点から、山手グリーンロードを名古屋大学方面へ向かって車を走らせると、坂を上りきったところに「四谷通2」という交差点がある。坂の上が谷、坂の下が山。これが原因で道を間違えることはないけれども、そこを通るたび、なんとも釈然としない思いが残る。

「そろそろ千種区に入りますが、まだしばらく真っすぐでよろしいですか?」

ＪＲ千種駅の少し手前で後部座席のお客さんに確認した。この千種駅というのがまた曲者で、こんな千種区を代表するような駅名を持っていながら、この駅は千種区の西端ギリギリにある。したがって「千種方面へ真っすぐ」といわれ、「とりあえず真っすぐ走らせて、千種区に入ってから詳しい場所を確認すればいいか」などと悠長に構えていると、お客さんのいう「千種方面」が千種区全体のことではなく、千種駅周辺のことであった場合、うっかり目的地を通り過ぎてしまいかねない。ならば乗せた時に「千種のどのあたりでしょう?」と確認すればよいようにも思えるが、そうするとまれにではあるが「真っすぐ行けといっとるんだで、黙って真っすぐ行きゃあええんだわ」などと怒られることがある。タクシードライバーも接客業である以上、色々と気を遣うことが多いのだ。

「もうしばらく真っすぐだね。よし川ってわかる？」

わかる？　とは失敬な。よし川ビレッジを知らなくて名古屋のタクシードライバーが務まるものか。

「よし川ビレッジですね。わかりますよ。どのお店の前におつけしましょうか？」

「ええっと、別館」

よし川ビレッジとは、テレビ番組などにも度々登場し、「歩く百億円」との異名でもおなじみの、あの名物社長が経営する高級飲食店が集まった一角のこと。日本料理、フランス料理、イタリア料理と様々なスタイルの店があり、どこもそれなりにいい値段を取る。もちろんお客さんを運ぶことはあっても、そこで食事をしたことは一度もない。良い評判はちょくちょく聞くのだが、タクシードライバーの給料で気軽に通える場所ではない。

「別館ですね。承知しました」

ちょうど信号で停まったので、振り返ってそう返事をすると、後部座席の紳士はおれの顔をまじまじと見つめて、「ほう。あなたは、笑顔の素敵な人だねえ」と感心したように言った。

「いえ、そんなことは」

謙遜して答えたが、まあ、商売ですから。地理だけでなく笑顔についても磨いておかないと、固定客はつかめない。

「いやぁ、いい笑顔だよ。わたしは医院を経営しているんだけども、ここ十年ぐらいかな、徐々に患者さんが減ってしまってね。なぜだろうと疑問に思っていたんだが、昨年大学病院に勤めていた息子が跡を継ぐといって帰って来たら、少し持ち直してね。ほら、今や医療もサービス業と言われる時代だろう？　息子は妻に似て柔らかい顔立ちをしているし、親馬鹿かもしれないが、性格も素直で優しい。それがお年寄りにウケるんだな。どうもわたしの場合、聴診器を当てるときに、顔が険しくなってしまうらしい。真剣に音を聴こうとすれば、おのずとそうなってしまうものだと思うんだけれども、今の時代、それじゃ駄目なのかもしれない。しかし、笑いながら聴診器を当てるというのも難しいし、息子もきっとそのときは、真剣な顔をしているはずなんだ。やはりわたしは、生まれつきの人相が悪いのかもしれないなあ」

現代がサービスの時代であるのは間違いないだろう。タクシー業界も同じで、どの会社もサービスの向上を図ろうと様々なことに取り組んでいる。カーナビを導入したのもその一環だろうし、ドライバーの教育にも力を入れている。細かいことまでいえば、うちの会社では横断歩道を渡ろうとする人がいたときは必ず手前で停車するのはもちろんのこと、笑顔を拵えて、「どうぞ」と手で合図をするよう指導されている。その日に乗ってくれるお客さんだけではなく、いつか乗ってくれるかもしれないお客さんにも好印象を持ってもらおう、ということらしいが、そうなると道を歩く人のほとんどが対象となるわけだから、一時たりとも気が抜けない。いくら仕事とはいえ、これは正直くたびれる。

「難しい時代ですね。私どもも、安全運転が第一であるのは間違いないのですが、サービスについても気をつけなければお客様は獲得できない、といわれています」

「そうだろうねえ。今でもたまにおかしな運転手にあたることはあるが、昔と比べればタクシーも随分サービスがよくなったもの」

良い時代なのか、悪い時代なのか、おれにはわからないが、この道で飯を食おうとするならば、時代に従う以外の方法はない。しかし、お医者さんはどうだろうか。もし自分が病気になって身体を預けるならば、サービスのよいお医者さんより、腕のよいお医者さんにお願いしたいところだ。もちろん、腕もサービスもよい、というのが一番よいのだろうけど。

池下の交差点を越えて坂を上り、千種警察署を左へ入ると、すぐに古川美術館分館の黒い板塀が見えてくる。その先がよし川ビレッジだ。ひっきりなしに車が行き交う、騒がしい表の通りとはうって変わって、静かで、緑豊かな、落ち着いた街並み。年がら年じゅう名古屋の街を走り回り、なかなか旅行に行く時間も、費用も捻出できないおれにとって、ここは貴重な場所だ。通り過ぎるだけで、なんだか気持ちがゆったりする。時間にしたらほんの一瞬のことだけれど、どこか遠い街に迷い込んだような、不思議な気分になれる。

走っていて気持ちのいい場所というのはここだけでなく、この名古屋のあちこちにあって、そんなところばかりを走っていられたら、と思うこともあるが、それは無理な話だ。おれはこの街を自由に走り回れるわけではない。基本的には、お客さんのいるところ、お客さんに呼ばれたところ、お客さんに行けといわれたところに向かってしか、走れないのである。ここだって、無線で呼ばれるか、ここにこようとするお客さんを乗せない限り、こられない。だからこそ、こんな一瞬が嬉しい。

「あれ？　そこだよ？」

いかん！　慌てて車を停めたが、店の入り口をほんの少しだけ通り過ぎてしまった。

「すみません。ちょっと通り過ぎました。バックしましょうか？」

「いや、いいよ。すぐそこだもの。いくら？　じゃあこれね。お釣りいいから。ああ、レシートだけちょうだい」

「本当にすみませんでした。ご乗車、ありがとうございました」

冷や汗をかきつつ、ドアを開け、お客さんを見送る。僅かな距離でも、目的地を通り過ぎてしまったことに違いはない。それをあっさりと許してくれるだなんて、顔は怖いけれども、優しい人だな。こんなお客さんばかりなら、いいのにな。

窓を開けてみた。緑の匂いがした。しかし、高級な料理の、美味しそうな匂いはしない。当たり前か、焼き肉屋じゃないんだから。残念。窓を閉めて車を出す。

店の前から下り坂。下りきったらすぐに上り坂。日泰寺の参道を右折して、覚王山の交差点に出れば、右も左も下り坂。山あり、谷あり、そして丘あり。下って上って、上って下って。

太陽が近くなったり、遠くなったり。

父子が如く

夕方に向かって、コーヒーを飲んでいる。いつもの喫茶店の、ボックス席で。休憩中。カウンターの中には、あの人がいる。

この店に来るのは、あの人の姿を見たいからでもある。コーヒーはさして美味くない。おそらく一杯一杯ハンドドリップで、ということはなく、業務用の大きなコーヒーサーバーでまとめて淹れたものを、注文が入るたびに鍋で温め直す方式。カレーはおそらく業務用の缶詰。サンドイッチのマヨネーズは足らず、トーストのマーガリンは塗り過ぎ。つまりあの人がいること以外に、とりたてて特別なところのない喫茶店だが、休憩とは気分を変えること。くたびれた気持ちをほぐすこと。だから、ここがいいのだ。

内ポケットには、ナゴヤドームのチケット。「感じの悪い運ちゃんに当たるといやだでよ、加藤さん、今からちょっと迎えにきてちょうだゃあ」とバリバリの名古屋弁でいつもおれの携帯に直接電話をくれる、中小企業の経営者にさっき貰った。毎年会社でシーズン券を買っていて、取引先への接待や社員の福利厚生に利用しているらしいのだが、たまたま今度の火曜日は誰も行く人がなく余っているからと、おれにくれた。今度の火曜日、おれは明け番。この店は、定休日。

中日スポーツを読んでいるふりをして、上目づかいにチラチラとカウンターの中を盗み見る。カウンターには常連客らしき男が、一人だけ張り付いている。あいつが帰ったら誘ってみよう。勇気を振り絞って。

あの人は、生粋の名古屋人らしい。きっとドラゴンズのファンだろう。もし違ったらどうしよう。それ以前に、野球に興味がなかったらどうしよう。断られてしまうだろうか。だが、息子さんを少年野球のチームに入れていると聞いたことがある。野球に興味がなかったら、息子さんに野球などやらせないだろう。いや、さほど興味がなくとも、息子さんが野球をやりたいといえば、大概の母親はやらせてあげようとするのではないか。とくに問題がない限り。

カウンターのやつ、長っ尻。コーヒー一杯でどれだけ粘るつもりだ。まったく図々しい。あ、おれも一緒か。もう結構な時間粘っている。こういう客はあの人にとって迷惑だろうか。でも、あいつが帰らないから悪いのだ。あいつが帰ってくれないと、おれはあの人を誘いにくい。早く帰れ、帰れ、帰れ、と念を送る。

よし、帰った。

新聞を畳んで、お冷で喉を湿らす。ボックス席からカウンターに向かって声をかける。テノールで。喉をしっかり開いて。

「あの、ママさん、今度の火曜日空いてる？」

額に汗が滲んだ。しかし、いい声が出た。

「お休みだけど、どうして？」

「ナゴヤドームのチケットがあるんだ。プライム・ツインといって二人用の席なんだけど、お弁当もつくんだよ。細長い重箱みたいなのが、二段になっていてね、料亭のお弁当みたいなんだ。どう？　一緒に行かない？」

即座に「いいわよ」、とはならなかった。どうも困惑している様子。そうか、この人は一人で子育てをしているのだ。ナイターに出掛ければ、子どもを一人ここに残してゆくことになる。だが、もう小学生じゃないか。それも確か五年生。夕食の用意だけしておけばなんとかなるんじゃないか？

「やっぱり、息子さんのことが？」

「うん、それもあるけど、どうせならあの子に見せてあげたいな。あの子、ドラゴンズのファンなんだけど、わたし、一度もドームに連れて行ってあげたことがないの」

優しいな、この人は。息子さんのことをいつも第一に考えている。でも、たまにはママさんも楽しまなければ、疲れてしまうんじゃないだろうか。ああ、そうか。おれが、あれなんだ。おれがあれすれば、いいのか。

「そうなんだ。じゃあ、息子さんと二人で行ってきたら？　美味しい弁当を食べながら野球を見られたら、きっと息子さんも喜ぶよ。ママさんもリフレッシュできるだろうし」

「でもそれじゃ申し訳ないですよ。加藤さんのチケットなんだから」

「いいんだ。これは貰ったものだから。おれの懐は痛んでいないから」

「でも……。あっ、ちょっと待って」

そういうとママさんは二階に上がり、すぐに息子さんを連れて戻ってきた。

「この方、加藤さんっておっしゃるんだけど、今度の火曜日にナゴヤドームに連れて行ってくださるんだって。あんた行きたい？」

えっ、おれがこの子と二人で行くのか？　別にいいけれど、このぐらいの歳の子どもは、知らないおっさんと野球を見たいだろうか。気まずい感じにならないだろうか。

そう心配したのだが、少年は上目づかいにおどおどと一度おれを見、すぐに目を伏せると、下を向いたまま「行きたい」と小さな声でいった。

この子はきっと、すごく野球を見たいのだ。野球を見るためなら、多少の気まずさぐらい辛抱するつもりなのだ。そんなに見たいなら、連れて行ってあげてもいい。気まずいのはおれも同じだが、こっちは大人だ。こっちが色々と気を遣ってやるべきなのではないのだろうか。

サービスの向上のために磨きに磨いた笑顔を拵えて、少年に声をかける。

「一緒に行くかい？」

「はい。よろしくお願いします」

そういうと少年は、ぺこりと頭を下げて、二階へとかけ上がって行った。

少年と二人、ナゴヤドーム前矢田の駅を降りた。ドームへと続くデッキの上を歩きながら入場ゲートの番号を確認しようとチケットを取りだすと、少年が遠慮がちな視線をチラチラと送ってきた。

「どうした？」

「席は外野ですか？」

「プライム・ツインだよ。内野席の上のほう。もしかして外野がよかった？　外野ならホームランが飛んでくるかもしれないもんね」

「いえ、外野じゃなくてもいいです。ナゴヤドームは広いから、ホームランもあまり出ませんし」

おれもかつては少年だった。少年だったおれにとっては、外野席が一番楽しかったような気がする。あのころはまだドームができておらず、ナゴヤ球場だったけれども、外野席でトランペットに合わせて応援歌を歌い、応援用メガホンをバシバシやりながらホームランが飛んでくるのを待っていた。でっかい紙パックのコーラが売られていて、その紙パックの上の部分には白いプラスチックの留め具がついていて、コーラを飲んだ後はそれを外して、ドラゴンズの帽子のひさしにつけた。それをいくつつけているかが、子どもたちの間では自慢のタネになった。ナゴヤ球場に何回行ったかの目安になるからだ。一つでも多く集めようと、無理をして一晩で二本飲んだり、三本飲んだりもした。そのせいで、お腹を壊したりもした。お腹を壊しても、あれが欲しかった。

ゲートを入って、エスカレーターを上る。内野席の上、パノラマシートの下。テーブル付きの二人席が四段並んでいる。グラウンドからは遠いが、席はゆったりしている。

席につくと、すぐに係の人が「お弁当をお持ちしてもよろしいですか？」と訊きにきてくれる。「お願いします」と答えて少年を席に座らせ、セットになっている赤だしとドリンクを売店で受け取って席に戻ると、少年はプレーボール直前のグラウンドをじっと見つめていた。おお、少年の瞳、きらきらしているなあ。

「これ、赤だしとコーラ。弁当もそれ、君の分だから。好きなときに食べたらいい。ここ、なかなかいいだろう？　あそこのモニターには試合の様子が実際よりちょっと遅れて映るから、あれ、今のストライクか？　とか、今の見えなかったなあ、なんてときはあそこで確認するといいよ」

「あの、おじさんって、お金持ちなんですか？」

豪華な弁当つきの、ゆったりとしたこの席。あまりお金持ちには見えそうにないおっさんが無理をしているのではないかと、少年なりに心配してくれているのだろう。それとも、本当にお金持ちだと思ったのだろうか。人は見かけによらぬもの、というしな。ごめん、少年よ、おじさんは残念ながら見かけのとおりだよ。

「おじさんはタクシーの運転手をしていてね。ほら、この間は蝶ネクタイをしていただろ？あれが制服。今日のチケットはお客さんに貰ったんだよ。おじさんが買ったんじゃない。だから、遠慮しないで」

試合が始まった。思っていたほど気まずさを感じないのは、二人の間に野球があるからだろうか。試合に熱中していれば、無理に話をする必要もない。時々「エルナンデスはいいね」とか「おっ、抜けた」とか「きっと平田がやってくれるだろう」とか、思ったことを自然に口からもらすだけで、なんとなく会話をしているような雰囲気になる。ヒットが出たときなどは、無言で視線を合わせて、頷きあったりもする。あの人を誘いたかったけれど、この子ときてよかったと思う。男同士というのも、いいものだ。

試合は延長戦にまでもつれ、結果はドラゴンズの逆転勝ち。いい気分でドームを出たが、どうしてもタクシー乗り場が気になった。仲間たちはしっかり稼いでいるかな。デッキの上から覗いてみると、いい具合に回転している。今日はいい勝ち方をしたから、きっと上機嫌のお客さんも多いだろう。気前よくチップをくれたりして。明日は乗務だ。明日も勝ってくれるといいな。

「面白かったですね」

おれの隣で、少年が微笑んでいる。小学五年、そろそろ生意気盛りか。それでもまだまだ可愛いものだ。あどけなさの残る、綺麗な笑い方だ。

「うん、面白かった。お母さんも連れてきてあげたかったね」

「いいんですよ。母さん、今日は友達と食事に行くっていってましたから。あの人いつも忙しくしていて、友達と遊ぶチャンスもなかなかないんですよ」

そうか。そうだよな。店を切り盛りしながら子どもを育てていたのでは、なかなか友達と食事に行く時間もないわな。あの人も今夜は楽しんでいるのだ。誰かと、どこかで。

「また一緒にこようか」

「えっ、いいんですか？」

「ああ。今度は外野席にしよう。面白いぞ」

この子も楽しんでくれたみたいだし、おれも楽しかった。いい夜だった。皆にとって、いい夜だった。

だが、一つだけ気になることがある。あの人が今日一緒に食事に行っている友達とは、女性だろうか、男性だろうか。この子に訊いてみようか。いや、やめよう。変に思われるかもしれない。いいじゃないか。楽しい夜を過ごせただけで。

うん、いい夜じゃないか。

ミッドナイト・ナポリタン

嫌な予感はしたのだ。乗り込んできたときからのにやにや。狙われている、そう思った。直感だ。

「新名古屋タクシーの加藤と……」といつもの挨拶をしようとした刹那、かぶせ気味に「わたしはカミだぁぁぁぁ！」と来た。

「ああ、神様ですか」

世の中には色々な名字がある。「神」という名字があっても不思議はない。おれが加藤だと名乗ったから、色々と狙っているにしろ、自分の名前をいったのだろうと思った。

だが、違った。

「神様ではない。わたしはカミだぁぁぁ！」

「ですから、神様とおっしゃるんですよね？」

「神様ではない。わたしはカミだぁぁぁぁ！」

さっぱり要領を得ない。首をひねっていると、少し怒ったようにそのお客さんはいった。

「ここはどこ？」

「上飯田ですが？」

「わたしはだれ？」

「神様、ではないんですよね？」

「じれったいなあ、もう。ここは上飯田、わたしは、カミだぁぁぁ。わからん？　ユーモアのセンスがないね、あんたは」

ここは上飯田だが、あなたは上飯田ではないし、まして神でもない。それに少しも面白くはない。疑うべきはご自身のユーモアセンスではないでしょうか？　そういってやりたいところだが、相手はお客さんだ。つらいところよ。

「な、な、なるほど。上飯田と神だ、を掛けたわけですね。それで、どちらまで行けばよろしいでしょう？」

「松本清張の街まで。ふふふん、ヒントをあげらあか？　彼の代表作のタイトルを思い出してみやあ」

「ああ、『或る小倉日記伝』。なるほど小倉ですね。じゃあ高速道路で」

アクセルをベタ踏みして、あとはお客さんに何をいわれても聞こえないふりをして、不眠不休で小倉まで走り続けてやろうかと思った。

「ちがうわ。『黒革の手帖』ってしらんの？」

その作品はしっているし、上飯田と黒川は同じ北区内。ここからなら確率からしても「小倉まで」なんていうお客さんより、黒川辺りへ行くお客さんのほうが圧倒的に多い。だから正解は恐らく『黒革の手帖』だろうと思ったのだが、これはささやかな抵抗だ。

「黒川に行けばよろしいんですね？」

「あっかんなあ、名古屋は。笑いちゅうもんをわかっとる人間がちっともおらん。大阪だったら、バカみたいにウケとるはずなんだがなぁ」

いくら笑いに理解があるとされる大阪の人だって、いや、笑いに厳しいといわれる大阪の人だからこそ、こんなことでは笑ってくれないだろう。せいぜい「なにをゆうとんねん」と頭を思いっきり叩かれるのが関の山ではないのだろうか。それも漫才的な突っ込みとしてではなく、単純に「なにをゆうとんねん」との疑問、もしくは激しい怒りから。

「そうでしょうかねえ」

「きまっとるがや。まあいいで、車出して」

わりと愛想のいいドライバーであるとの自負はあるが、そのときばかりは上手く笑えなかった。だが、自分をタクシードライバー失格だとは思わない。おれは自分の感情と闘った。必死で自分を抑制した。

このまま何事もなく黒川へ辿りつけるとよいのだが、そう思ったが、淡い希望はすぐに打ち砕かれた。それも上飯田から走りだしてまもなくのこと、平安通を通過しようとしたときだ。

「ヘイ、アンドリー、ハウドゥユウドゥ？」

後部座席から、そんな叫び声が聞こえた。

夜空に向かって、溜め息をひとつ。アンドリーって一体誰だ？ ウクライナ出身のサッカー選手、アンドリー・シェフチェンコのことか？ それともアンドリー・グシンのことか？ ならば挨拶は英語でなく、ウクライナ語でしたほうがよろしくありませんか？

気分はもううんざり。なんの権利があって、おれを暗い気持ちにさせるのだ。いくらお客さんだからって、こんな横暴が許されるはずがない。いや、許されるのだろう。許さねばならないのだろう。なにせこの日本では、お客様は神様だということになっているからな。怨むぜ、三波春夫……。

お客さんの、横暴な振る舞いは続く。

「ここら辺はきっと、初心者の運転する車が多いんだろうねえ。なにせ若葉通ってぐらいだから」

若葉通に若葉マークの車が多いというなら、平安通には平清盛やら紫式部やら菅原道真やらが走り回っているのか？　それは牛車でか？　牛車を引いているのは、黒毛和牛か？

「なんだか葉巻が吸いたくなっちゃったなあ。シガー本通、なんちゃって」

「そういえば財布の中にいくらあったかな。環状線を走りながらでは、よぅ勘定せん」

「ただいま北区で帰宅中」

雑なギャグ、雑なギャグ、雑なギャグ。つらい、つらい、つらい。黒川に着いたころにはすっかりくたびれ果てていた。

「今度乗るときまでにはもうちいっとユーモアのセンス磨いといてね。ちゃんとリアクションしてくれにゃ、こっちも虚しいで。じゃあ、アントがテン、ありがとう」

「はは、はは。ご乗車ありがとうございました」

ああ、大人になんかなりたくなかった。

精も根も尽き果てた。エネルギーをチャージしなくては。そうだ、せっかく黒川まできたのだ。あの店に寄って行こうか。

気を取り直してアクセルを踏み、黒川の駅前を抜けて西へまっすぐ行くと、すぐにあの店が見えてくる。暗闇にぼんやりと浮かび上がる黄色いテントには、「24時間営業」、「和洋食レストラン&喫茶」の文字。入り口脇のショーケースには、パフェ類、海老フライ、ナポリタンスパゲティ、かつ丼、すき焼き定食などのサンプルが並べられている。この、やさしい佇まい。この、心がほぐれる感じ。真夜中でも明け方でも、いつでもこの店は開いている。黄色い光を放ちながら、いつでもおれを待ってくれている。

牛丼屋、ファミリーレストラン、ファストフード店、今時年中無休、二十四時間営業の店など珍しくない。しかし、この店は特別な気がする。それは、昔からこのスタイルで営業を続けている、いわばパイオニア的な存在である、ということだけではない。適切な言葉では説明しかねるのだが、個人的には「なまい店」というのがぴったりくる気がする。この店はとても「なまい」のである。

「なまい」の「なま」は、「生」という意味だが、それはお刺身などの生ものを食べさせる店、ということではない。様々なチェーン店のようにシステム化されてない、マニュアル化されていない、というのだろうか。この店からは、二十四時間生身の人間の匂いがする。この店の料理からは、今そこで調理されたという平凡だが重要な事実が、いつでも感じられる。

　一日のほとんどをタクシーの中で過ごすおれにとって、路上は第二の家だ。つまり仕事中の食事は外食のようであって、外食でない。普段の食事なのである。高級な料理ばかり食べていては財布の中身が持たないし、かといってコンビニの弁当や、ファストフードばかりでは味気ない。カレーや牛丼は安くてうまいが、頻繁に食べていればさすがに飽きる。だから、こういった「なまい店」の存在が非常にありがたい。

　店内には明るい色のソファーで構成された、ゆったりとした客席が並んでいる。客席のテーブルには何台かテーブル型のマージャンゲームが混じっている。さっさと食事を済ませてさっさと帰る、というよりは、食後にコーヒーを飲みながら、じっくり新聞でも読みたくなるような雰囲気。喫茶店王国といわれる名古屋においてさえ、こんな雰囲気を二十四時間味わえる店がいくつあるだろう。少なくともおれは、他に知らない。

　さて、何を食べようか。特大海老フライは……、贅沢か。もっとたくさんメーターを倒せた日にしよう。かつ丼も……、中途半端な時間だし、ちょっと重いな。うーん、ここはナポリタンだな。

「ナポリタンとアイスコーヒー」と注文をすると、係の女性は「ナポリタンとアイスコーヒーですね」と確認したにも関わらず、厨房に向かって「イタスパとアイス」と声をかけた。もちろんメニューにも「鉄板ナポリタン」と書いてあるのに、である。イタスパ、すなわちイタリアンスパゲティとナポリタンは、通常同義語として使用されているし、記憶は曖昧だが、以前はこの店のメニューも「イタリアンスパ」となっていたような気もするけれども、イタスパと厨房に声をかけるのならば、メニューのほうもイタリアンスパのままにしておけばよかったのに、と思う。しかし、こういったところがなまくてよいのである。マニュアルのしっかりした店ならばきっと、混乱を避ける理由で、メニューの表示が変更されると同時に呼称も変更され、うっかり「イタスパ」などと声をかけようものなら先輩のバイトリーダーかなにかから「あのね、うちではナポリタンだから。イタスパは昔の呼び方だから」と注意されるだろう。客も厨房もそう声をかけた本人も、イタスパがナポリタンのことであると理解していてもだ。なんと窮屈なことか。

やがて運ばれてきたのは「正調ナポリタン」とでも呼びたくなるような、ナポリタンらしいナポリタン。あつあつの鉄板の上に玉子が敷かれてあり、その上に赤いスパゲティが乗っている。具はウインナーソーセージ、玉ねぎ、ニンジン、ピーマンなど。敷かれた玉子の表面はとろとろ。文句のつけどころがない。

フォークを握って迷う。このまましばらく置いておけば、鉄板の熱で玉子が徐々に焼けてゆく。どのタイミングで手をつけるべきか。固すぎず、柔らかすぎず、一番よい瞬間をつかまえなければ。そもそも一番よい瞬間とはどこか。適切な焼け具合とは、どんな状態か。この苦悩。苦悩が生み出す愉悦。

オムライス、ではないだろうか。オムライスといってもふわふわ玉子のオムライスとか、オムレツをチキンライスの上に乗せてナイフで割って食べる、いわゆるタンポポオムライスではなく、腕のいい洋食屋さんや食堂の親父がこしらえた、オーソドックスなタイプの、形のきちんとした「正調オムライス」のこと。玉子とチキンライスがちょうどよく絡み合う、あの感じ。控えめな玉子の主張によって、優しさを増すケチャップの味。できることなら、あれを目指したい。

おっと、もたもたしてはいられない。恐れるな、玉子が柔らかすぎたら、もう一度鉄板に押し付ければよいのだ。恐れるな、鉄板はまだ熱い。焼きすぎてしまわないかぎり、再生のチャンスは充分にある。

フォークでスパゲティを一度ひっくり返す。完全には混ぜない。くるっと上下を入れ替えるように回すだけ。回した後は、上のほうからフォークで巻き取って口に運ぶ。よし、上々の出来。うまい。なまい。スパゲティなのにほんのり甘い。この甘さは玉子のおかげか、それとも玉ねぎのおかげか。

夢中で巻き取り、口に運ぶ。繰り返し、繰り返し。終盤になると、鉄板の熱で玉子の状態は固めに変化する。固まった玉子を鉄板から引き剥がすようにして、麺と混ぜる。柔らかく始まって、固めで終わる。食感のグラデーション。底の麺もまた然り。焦げる手前の、ややパリッとした食感。焼きそば以上、かた焼きそば未満。不完全でありながら完全。途上でありながら到達点。山の中腹からの景色。志半ばにして挫折する、青年の哀しみ。バナナを半分しか食べられないサッちゃん。中年夫婦の情愛。夜半の、ひんやりとした空気。

夜が更けてゆく。この夜もいずれ明ける。

天然レトロ

庄内川橋の辺りは、「自動車学校銀座」であるといってよいのではないだろうか。橋を渡る際、特に注意を払わなくとも、橋の北側に並んで二校、南側にもう一校あるのが確認できる。たった三校だが、自動車学校には教習コースが必要であるため、どこも広い敷地を有しており、その存在感は大きい。したがって、初めてそこを通った人でも「あれ、この辺は自動車学校ばかりだな」と感じるはずだ。三校だけでは「銀座感」がうすい？　いやいや、たとえば台風銀座と呼ばれる地域にだって、同時に三つも四つも台風が来るわけではない。三校もあれば充分ではないか。

つげ義春の「ねじ式」という漫画に、たまたま泳ぎに行った海辺でメメクラゲに噛まれた主人公が、医者を探して不案内な漁村を歩き回るが、みつかるのは眼医者ばかり、という場面がある。「ねじ式」は悪夢を描写したような、不思議な世界観を持つ作品だが、現実のど真ん中にあるといえる仕事中でも、庄内川橋を渡るたび、この作品のその場面を思い出す。そして受験を控えた浪人生の見る悪夢を想像する。自分はどの大学を志望し、どんな道を歩むべきなのか。自分の行くべき大学はどこなのか。悩みながら、迷いながら、悪夢の街を徹底的に、いや、テッテ的に捜し歩く若者。しかしみつかるのは……。

「ちくしょう、自動車学校ばかりではないか」。

秩父通りで拾ったお客さんを乗せて庄内川橋を渡り、上小田井駅の近くで降ろした。駅のロータリーには何台かタクシーがいたが、平日の昼下がり、回転も悪いだろうと列には加わらず、庄内川橋を再び渡って名駅方面へ戻りながら、流しを拾うお客さんを探すことにした。

「近いけど、いーい？」

庄内通りの交差点の手前で、そういいながら乗り込んで来たお客さん。優しそうな女性。近くてもいいに決まっているのに、時々こう訊かれることがある。特に中年以上の女性からが多い気がする。おかあさん力を持った人、とでもいおうか。よき家庭人として、よき社会人として、いつも周囲に細かく気を回しながら、家庭を支え、地域を支えているのだろうと思える人。素敵な人であることは間違いないが、こういったタイプの人は、ついつい周囲から損な役回りを担わされてしまいがちなのではないだろうか。世の中には、自己中心的な人も、威張った人も、図々しい人もいる。しかし、その手の人々はなぜかあまり損をせず、周囲に迷惑をかけても、面倒をかけても、平気な顔をしている。そんな困った人たちをなだめたり、すかしたりして、周囲との調整を図ったり、面倒を見たりする、大変だが見返りの少ない役目。不条理だなあ、とは思うけれど、こういった気遣いにホッとする自分もいる。

「もちろんですよ。どちらまで参りましょうか？」

「明道町の、お菓子屋さんが一杯集まっとるところがあるでしょう？　あそこへいってくれる？」

「承知しました」

西区明道町辺りは、菓子問屋の集まる地域として知られている。名古屋は駄菓子の一大産地でもあり、現在でも数多くのメーカーや問屋さんが、この辺りで営業を続けているらしい。問屋さんというのは基本的に業者に向けて卸し売りをするものだが、この一帯の問屋さんのほとんどは、一般のお客さんにも販売してくれるようだ。小売店の店頭で買っても安価である駄菓子、問屋さんで買うメリットは、やはり価格より量だろう。子ども会の遠足、お祭り、町内会の旅行など、大量に必要なときには問屋さんが便利だ。こう考えてみると、お菓子屋さんというのは、幸せを売る商売なのかもしれない。大量にお菓子が必要になるときというのは、大体が楽しいときである。

「もしかして、近々いいことがおありなんじゃないですか？」

「わかる？」

「わかります。お幸せそうですもの」

「娘が結婚するもんでね」

なるほど、お嫁入りか。

「それで明道町へいかれるんですね。まかれるんですか？　配られるんですか？」

「うちは一人娘だもんで、お父さんが、いっちょ盛大にまかあか、って張り切っとったんだけど、娘が恥ずかしいでやめてっていうんだわ。わたしんたちが結婚した頃は、まだまくところも多かったけど、今は配るのが普通でしょう。娘がそういうなら仕方ないでね、袋入りを配ることにしたの」

そういった話はよく聞く。結婚式が派手だといわれる名古屋でも、最近はシンプルな式を好むカップルが増えているらしい。お金をかけるか、かけないかではなく、スタイルの問題なのだろう。お洒落なレストランでとか、思い出の場所でとか、皆それぞれに自分たちの好きなスタイルを選ぶ時代になったのかもしれない。もちろん、派手に、というカップルもまだまだいるらしいが、それでも昔とは内容が随分変わっているようだ。

「今の若い人たちには、それぞれ個性がありますからね」

「そうそう。うちもちょっとそれで揉めたの。こんな夏に式をやったら出席してくれる人たちも暑くてたいへんだもんで、秋にすればいいがね、っていったんだけど、二人が出会ったのが円頓寺の七夕まつりらしくてね、どうしてもその時期に結婚式をやりたいっていうもんで」

「なかなかロマンチックじゃないですか」

「わたしもそう思うの。お父さんは色々いっとったけどね、親戚の皆にも悪いような気がするけどね、七夕まつりで出会って、七夕まつりの頃に結婚する、なんて、ちょっと素敵だもんね。わたしも、秋にすればいいがね、なんていったけど、本当はロマンチックだなって思っとったの」

娘さんは、親孝行なのかもしれない。

中央菓子卸市場の前で、お客さんを降ろした。この前はよく通るが、いつ見てもこの建物からは不思議な印象を受ける。赤茶けたトタンで覆われた正面の壁、軒先に張り出したテント、その下に積まれた段ボール箱。駄菓子問屋の集まるこの明道町辺りには、扱っている商品の性質からだろうか、レトロ感というか、昭和の香りというか、どこか懐かしい雰囲気が常に漂っているが、この中央菓子卸市場に漂っているのは、レトロ感、昭和の香り、などといった生やさしいものではない。まるで映画や舞台のセットのような、完璧な出来栄え。

目の前には幹線道路である江川線が通っていて、その上を走る名古屋高速六号清須線の明道町出入口もすぐそこ、いつでも激しく車が行き来している。数十メートル南は江川線と外堀通が交差する明道町の交差点で、外堀通の上には名古屋高速都心環状線が走っている。地下鉄桜通線の国際センター駅や、鶴舞線の浅間町駅からも歩いて来られるし、市バスの路線も何本か通っている。このように非常に便利で、きっと地価も安くはないのであろうこの場所に、時代を冷凍保存したようなこの建物があるということが、とても不思議なのである。しかもこの建物、未だ現役。圧倒的な存在感を放つ正面の赤茶けたトタンは、誰かが加工したものでも、どこかから持ってきて取り付けたものでもなく、ずっとここで、この街の変化を見つめながら、歳月によって熟成された「天然もの」なのだ。

アユでもタイでもハマチでも、やはり養殖ものより天然ものがいいだろう。天然ものか、養殖ものか、舌先で判断できるほど味覚に優れてはいないが、予算が許せば天然ものを食べたいと欲し、それが叶ったときに大きな満足を感じるのは、それらが本当に川で、あるいは海原で生まれ、そこで生活しながら成長するまでの壮大なストーリーを、無意識のうちに想像しているからではないだろうか。不思議な光景を構築することは可能だ。しかしそれが偶発的に、若しくは必然的に生まれる確率は、豊かな想像力を持ったクリエイターが、よいアイデアを出す確率より圧倒的に低いはずである。それは生まれたばかりの幼魚が良好な養殖環境の中で生存を維持できる確率と、過酷な自然の中で生き残る確率の差に似ているように思う。生き抜いてきたものの持つ凄み、それこそが「天然もの」の魅力であるとはいえまいか。

昼さがり、お客さんも少ない時間。都心にも随分近づいたし、休憩をとるにはよい頃合いだ。いつもなら喫茶店などに入るところだが、よく考えればタクシードライバーという仕事は、ずっと座りっぱなしである。つまりタクシードライバーの疲れの大半は、姿勢が固定されることによるものであるといえそうだ。喫茶店では脚も組めるし、身体もある程度自由に動かすことができるので、車のシートに座っている状態よりは、身体がほぐれ、楽になるのだろうが、実はそうするよりも歩いた方が、身体をほぐすという目的においては、効率がよいのではないだろうか。それにこの辺り、観光で名古屋にきたお客さんに「どこか面白いところはありませんか？」と訊かれたときに案内したら、喜ばれるかもしれない。そのためにも今日はこの辺りを散歩して、街のことを勉強しながら、身体をほぐしてはどうだろう。名古屋で生活していても、案外とこの街のことは知らない気がする。駄菓子の街、という表面的なイメージを抱いているだけだ。そうそう駄菓子問屋に用事はないものな。知らなくても当たり前か。

近隣のコインパーキングに車を入れて、街を歩いてみた。存在感でいえば中央菓子卸市場が不動のナンバーワンということになるのだろうが、なかなかどうしてどのお店にも味がある。

歩いているとやはり目につくのは、テントや看板に書かれた「お嫁入り菓子」の文字。中には軒先に花嫁さんの形をした立て看板を置いているお店もある。さっきのお客さんのように、この街の菓子問屋に注文をし、袋詰めを作ってもらう人が多いのだろう。時代は移り変われど、ここはまだまだ駄菓子の都なのだ。

観光のお客さんからしたら、これだけ菓子問屋が並んでいるだけで珍しいのだろうけれど、見ているだけではもの足らないかもしれないし、いくらかでも買ってもらった方が、街の活化の面でもよいだろう。またそんな積み重ねが、天然もののレトロを守ることにもなるはずだ。一般のお客さんにも売ってくれるとはいえ、問屋さんである、まとめ買いが前提となるが、幸いここで売られているのは駄菓子。大きなパックや段ボールで買ってもそれほど高額にはならない。「おみやげにいかがですか？」と勧めるのはどうだろう。駄菓子は全国に出荷されているのだろうし、どこでも手に入るのかもしれないけれど、ここでお気に入りの駄菓子を大人買いするという行為は、よい思い出になるかもしれない。誰もが子どもの頃に一度は見たであろう、好きなお菓子を腹一杯食べてみたい、という夢。それがここで叶うのだ。この、駄菓子の都で。

この辺りには駄菓子だけでなく、おもちゃを扱う問屋さんもある。おもちゃといっても高価なコンピューターゲームなどではなく、駄菓子屋さんや夜店で売っているような、紙風船、水鉄砲、ゴムボール、息を入れると袋状になった先の部分がピロピロ伸びる笛、チューインガムの形をしていて、一枚ちょうだい、と引っ張るとパチンと指が挟まるおなじみのいたずらグッズなど、素朴で手軽なものが中心だ。ここでは、スーパーボールのまとめ買い、というのはどうだろうか。さすがに使い道がないか。いや、たとえば友達同士でキャンプやバーベキュー、海水浴などに行った際、たらいやらビニールプールやらに浮かべて、スーパーボールすくいをやったら、ちょっとしたおまつり気分を味わえるかもしれない。花火も売っているし、くじ引きのセットも売っている。これらを全部買いそろえれば……、おお、かなり本格的な夏まつりではないか。

一通り見て歩いた後は、そのまま江川線沿いを南に向かってふらふら歩き、黄門様の立っている角から、円頓寺の商店街に入った。今年の七夕まつりはたしか、七月の二十九日から、八月の二日までだったな。商店街ではすでに、飾り付けの準備が始まっていた。

ああ、夏だな。今日も暑いな。額にも背中にも、汗が滲んでいる。どこか喫茶店にでも入って涼もうか。そういえばさっき明道町で降ろしたお客さん、七夕まつりの時期に娘さんが式を挙げるといっていたな。名古屋の夏は暑いぞ。和装だったら大変だ。さすがに洋装かな。でも、七夕まつりで出会った二人が、七夕まつりの時期に式を挙げるのだ。ここはやっぱり和装でしょ。洋装じゃ七夕の気分が出ないもの。白無垢、内掛け、もしかしたら十二単かもしれない。きっと汗だくだな。汗ばかりじゃないぞ。結婚式には涙も付き物。「おとうさん、おかあさん、今日まで育ててくれてありがとう」なんて汗だくで三つ指をついて、ボロボロ涙をながすのだ。

そうなれば、花嫁さんはびったんびったん。汗と涙で、びったんびったん。それを受けてご両親も、びったんびったんの、びっとびと。周りで見ていた親戚も、びったんびったん。一族そろってパンツまで、びったんびったんの、びっとびと。

ロマンチックも大変ですな。

金の金曜日

不穏な空気だなあ、乗せた時からそう感じていた。あまり後部座席でいちゃいちゃされるのも気まずいが、恐らくカップルであろう若い二人が、互いに左右窓に視線をやり、険しい顔をして黙りこくっている場面に出くわすというのは、もっと気まずい。タクシーというごくごく狭い密室に、なにやら事情のありそうなカップルと、あかの他人であるおれが一人。空気の重苦しさに押し潰されそうになる。

こんな時は、どんな顔をしていればよいのだろう。長いことこの仕事をやっているが、未だにわからない。ニコニコしているのも違うような気がするし、二人と同じように険しい顔をしているのも変である。柔らかすぎず、険しすぎず。恐らく正解は、真ん中辺り。

真ん中というのはとかく難しいもの。意識をすればするほど、真ん中が解らなくなる。眉間にしわを寄せるのは、険しい側。口角を持ちあげるのはニコニコ寄り。眉間にしわを寄せず、口角を持ちあげず、出来るだけ顔から表情を追い出したつもりでミラーをのぞけば、そこにあるのは間抜け面。これはおれが悪いのか。それとも、おれを生んだ親が悪いのか。

「もう、終わりなんだよね？」

女性のほうがぽつり。それを受けた男性のほうは、ちらりと女性を一瞥し、ふん、と鼻を鳴らしただけ。もうちょっとなんかいってあげたほうがいいんじゃないか。これで終わりだとしても、「ごめんね」とか、「仕方ないんだよ」とか、もうちょっとなんかあるだろうに。それともあれか？　うわべだけの優しさは、かえって彼女を傷付けるだけ？　にくいね、どうも。嫌になっちゃう。

「酷いよね。冷たいよね」

女性がまた。そして再び、沈黙。

目的地として指定された金山駅のロータリーに車を入れた。金曜の夜、駅前の広場ではいつものように、何組かのストリートミュージシャンが演奏をしている。

にぎやかでいい。こんなににぎやかなら、失恋の傷もすぐ癒えるだろう。中には哀しい恋愛の歌を歌うミュージシャンもいるだろうし、そういうのを聴いて、思いきり涙を流せばいいんだよ。泣くとすっきりするからな。一番いけないのは、黙りこくって余計なことをごちゃごちゃ考えることだ。終わったことは仕方ない。過去は取り戻せないもの。だからお客さん、楽しんで下さいよ、今夜は。せっかくの金曜日なのだから。

といいたいところだけれど、いえない。いうべきではない。大きなお世話だ。出過ぎた真似だ。とにもかくにも、おれはここでお役御免。気まずい空気ともおさらば。どうぞお客様、お元気で。幸多からんことをお祈りします。

「彼はここで降りますけど、わたしこのまま乗って行きますから」

ホッとしたのもつかの間、彼女のほうにそういわれた。ありがたいことだが、どういった顔を作ればよいのかという問題は、もうしばらく続くことになった。

「次は、どちらまで参りましょう?」

「テレビ塔まで」

テレビ塔……。なぜ、テレビ塔に行くのだろう？　初めてデートした場所とか、初めてキッスをした場所とか、何か思い出があるのだろうか。そんなところへ行くよりも、この金山の駅前で、歌でも聴いていたほうがいいんじゃないかな。金曜日の夜のテレビ塔なんて、きっと幸せそうなカップルも多いと思うよ。その中で彼との思い出に浸るなんて、あまりよくないんじゃないかな、精神衛生上。

だが、行き先はお客さんが決めるもの。大津通を北上して、テレビ塔方面へ車を走らせる。車内はやっぱり、シーン。今時の若いお客さんは、一人で乗っている時はスマートフォンをいじっていることが多いが、このお客さんはそれもせず、じっと外を見つめているだけ。若い人にとってスマホって、生活になくてはならないものじゃないのか？　カップルで乗っている時だって、互いにスマホをいじっていることも多いのに、若い人が一人でいるのに、スマホをいじっていないだなんて……。これはよほどのことかもしれないぞ。

信号で停まったのを幸いに、表情をよく観察しようとルームミラーを見ると、お客さんは窓の外を見つめたまま、手で目をこすっていた。泣いているのか、それとも目がかゆいのか、はたまた眠たいのか。ミラー越しでは、涙の有無までは確認出来ない。

テレビ塔のスカイデッキの上には確かスカイバルコニーというのがあって、外に出られるようになっていたはずだが、あそこは人が飛び降りられないようになっていただろうか。当然落下防止の金網などで安全対策はしてあるはずだけれども、そこには一分の隙もないだろうか。失恋、テレビ塔、スカイバルコニー、スマホをいじらないで目をこすっている。ああもう、嫌な予感がする。まさか、そんなことはないだろうけれど。うん、ないはずだけれども。

自分の顔の問題など、どうでもよくなってきた。このお客さんに万が一のことがあったら。明日からテレビ塔の前を通るたび、哀しい気持ちになるだろう。いや、そんなことはどうでもよいのだ。若い身空で身投げなど。君の未来は、きっと明るい。君の未来には、可能性が無限に広がっている。若いのだもの。おじさんには解るのだ。とっくの昔に失ってしまったからこそ、解るのだ。若さは宝だ。

などと、説教するわけにもいかない。それどころか、話しかけることすらはばかられる。嫌な予感が的中しつつある場合は、話しかけるべきなのかもしれないけれど、ただ単に思い出の場所に行き、「さよなら」なんてつぶやきながら彼の写真を破って捨てようとしているだけなのならば、黙って思い出に浸らせてあげたほうがよいように思える。一体どっちだ？　今の段階で判断を下すのは難しい。

身投げかなあ、写真かなあ。いや待てよ。スマホ全盛の時代、紙の写真など恐らく持ってはいないだろう。待ち受け画面にしてあるか、スマホの写真フォルダーに保存してあるだけだ。するとなんだ？　思い出の場所で「さよなら」とつぶやきながらデータ削除、ということになるのか。指一本で？　なんだかしまらないね。地味だよ、絵面が。情緒ってもんがないよ。

そんなことを考えながら、無言で車を走らせているうちに、いつの間にか大津通電気ビル前の、スクランブル交差点まで来てしまった。

信号待ちをしながら横断歩道の模様を眺めていると、妙に胸騒ぎがした。このスクランブル交差点は、細い横断歩道が真ん中でクロスしている形ではなく、交差点内全体が縞模様で埋め尽くされているスタイル。巨大な鯨幕、葬式のときに吊るしてある、あの白黒の幕のでっかいやつが敷き詰められているみたいだ。嫌な予感が、再びぶり返して来る。

「あの、テレビ塔はどの辺りにつけましょうか?」

「テレビ塔の真下? 真横? 久屋大通の、一番テレビ塔に近い信号の辺りで降ろして下さい」

「かしこまりました」

一番近いというと、袋町通が久屋大通とぶつかるあの交差点になるか。あそこの横断歩道を渡れば、テレビ塔の入り口はすぐそこ。展望台へ上るつもりかな。身投げか、写真をびりびり、いや、データ削除か。

また無言。やはり直裁に訊いてみようか。万が一、ということがある。多少の失礼があったとしても、人命優先だ。もし違ったのなら、笑ってごまかす、ということだって出来るかもしれない。これはこのお客さんのためというより、自分のためだ。そんなはずはない、そんなはずはない、と思おうとすればするほど、もしかして、もしかして、という思いが頭をもたげてくる。これは恐らく、今夜一杯続く。翌朝の新聞に載っていなければ、夕刊の時間まで続く。もし載っていたら、きっと一生続く。

「あの、先程金山までお送りした男性は、彼氏さんですか？」

「なんでそんなことを訊くんですか？」

強めの調子。怒っているようにも聞こえる。万が一の場合は、若い身空で、などと説教の一つも垂れようと思っていたけれども、下手をすれば逆にこちらが、失礼ね、などと説教をされかねない状況だ。普段からこういった風に強めの調子で話す人というのはいるけれど、金山へ向かっている間も、金山からこちらに向かって走ってくる間も、無言であったのだ。怒っているのか、普段からこういった話し方をする人なのかの判断はつかない。金山で「テレビ塔まで」といわれた時はどうだっただろう。やはりこんな調子であったような気もするが、あの時は彼氏に対して怒っていたり、苛立っていたのかもしれない。

「少し気になったもので。もしお気に障ったのなら、すみません」

「なにが、気になったんですか？」

「いや、気を落とされているように見えましたので」

「そんなこと全然ありません。気にしないでください」

「申し訳ありませんでした」

やはり怒らせてしまったようだ。質問の仕方がまずかったか。どう訊くのが正解だったのだろう。「目をこすっていらっしゃいましたが、花粉症ですか？」か？　しかし、こんな夏の時期に花粉症で困っているという話はあまり聞かないな。ああ、そうか、「結膜炎ですか？」と訊けばよかったのか。細菌性のやつはプールなんかでうつることもあるらしいから、この季節にぴったりだ。それでも、「なんでそんなことを訊くんですか？」といわれるだろうか。その場合はどうだ？　「いい眼医者さんを知っているもんで」かな。

久屋大通に車を入れた。今夜もテレビ塔が光っている。テレビ塔は綺麗だ。赤く塗装されていないのがいい。ベースが銀色だから、ライトの色がよく映える。ライトアップの具合も時期やイベントによって、時々変わる。照らされ方が変わる。色が変わる。そのたびに印象が大きく変わる。高さはそれほどでもないけれども、幅が百メートルもある久屋大通の真ん中にデーンとそびえ立つその姿は、なかなかに堂々としている。

お客さん、テレビ塔を見てごらん。雨にも負けず、風にも負けず、ああしてあそこに立ち続けているのだよ。失恋などたいした問題じゃない。なにがあろうと、凛と立ち続けることこそが、一番尊く、美しいのだよ。

などと、余計なことはいうまい。

「この辺りでよろしいでしょうか？」

「はい」

憮然としたまま、お客さんは降りて行った。トレイに乗せて差し出したお釣りを、ひったくるようにして。嫌な運転手だと思われてしまったのだろうか。クレームが入らないといいが。

ハンドルを抱えて、ふうっ、とひとつ大きな溜め息を吐いたところで、携帯電話が鳴った。馴染みのママさんからだ。いい話かな。

「ねえ、今日は多治見まで帰られるお客さまがいらっしゃってるんだけど、十二時ごろになったら、近くで待機しててもらえる？　いつもそれぐらいに帰られるから」

「承知しました。十二時ごろですね」

このママさんは、遠くへ帰られるお客さんがいると、いつもおれに電話をくれる。ママさん曰く「せっかくお店で楽しんでもらっても、帰りのタクシーで嫌な思いをしたら、台無しだもんね。遠くのお客さまは長い時間乗られることになるわけだし」。家に帰るまでいい気持ちでいてもらいたい、というママさん一流のサービス精神なのだろうけれど、その大役を任せてもらえるというのは、名誉なことだ。

さっきのお客さんには嫌な思いをさせてしまったかもしれないが、気を取り直してゆかねば。これからお乗せするお客さんに失礼があったら、ママさんの顔を潰すことになる。過ぎてしまったことを、嘆いても仕方ない。過去は取り戻せないもの。

顔を両手で叩いて気合を入れ、アクセルを踏んだ。十二時までにもう一稼ぎだ。

桜通へ出て、桜通呉服の交差点から錦三丁目へ突入する。夜の錦三を制す者は、中区を制す。中区を制す者は、名古屋を制す。そんなことを口の中でつぶやきながら、背筋を伸ばして前を見つめる。金曜日の錦三。さっきは、金曜日の金山。キンヨウ、キンサン、キンヨウ、カナヤマ、キンキンキンキンカナ、おめでたい。

きっと今夜は、ゴールドラッシュ。金の金曜日。

いつか来る季節

よい街の基準とは一体どんなものだろう。酒を飲みに出歩くならやはり中区女子大小路辺り、といいたいところだが、好みの店は人によって違う。錦三によく行く人、または名駅の、大名古屋ビルヂングの裏辺りが好きな人、それぞれがそれぞれの財布の中身と相談しながら、それぞれにとって最もよい環境で飲んでいるに違いない。

では、住みよい街、となるとどうだろう。もっと千差万別なのではないだろうか。単身世帯と家族世帯、子どもがいるかいないか、何人いるか、小さいか、大きいか。自分の年齢や生活状態によっても違うはずだ。独身のうちは繁華街の近くに住み、毎晩飲んで千鳥足で帰る、というのもいいだろう。しかし結婚をして子どもを持てば、緑豊かな郊外の庭つき一戸建てが欲しくなるかもしれない。もし離婚をすれば、そこでは寂しいような気がして、また賑やかなところへ引っ越したくなるかもしれない。老後はどうか。静かなところがよいのか、賑やかなところがよいのか。静かなところで落ち着いた生活をするのもよいが、静かなところというのはおしなべて交通の便が悪かったり、買い物に不便だったりする。ならば、賑やかなところがよいかといえば、そうともいいきれないように思う。歳をとれば生活スタイルが変わり、明け方まで酒を飲んでいた者が明け方にはぱっちりと目を覚まし、健康のために体操や散歩をするようになるかもしれない。となると、気持ちよく体操が出来るような庭があるか、近所にちょうどよい公園があるか、といったことが重要になるだろう。また交通の便においても、地下鉄の駅近くや、タクシーで繁華街から安く帰って来られるところでなくとも、バスが通っていればいいか、バスというのはおしなべて最終便の時間が早いけれど、どうせその頃には寝ているはずだから、ということになりはしないか。

考えれば考えるほど難しいけれど、一生を通じて、という基準でいえば、昭和区はかなりポイントが高いのではないだろうか。体操や散歩なら、桜の名所としておなじみの鶴舞公園や、ゆったりとした芝生広場を有する川名公園などがある。学生さんにとっても、南山大学、中京大学、名古屋工業大学、名古屋柳城短期大学、名古屋大学の医学部などがあり、通学に便利。名古屋大学附属病院や名古屋第二赤十字病院、通称八事日赤といった大病院もあるので、万が一病気になっても安心である上に、住所は隣の天白区になるが、八事霊園、および斎場もすぐそこ。比較的都心にも近く、地下鉄桜通線と鶴舞線が通っているし、バス路線も豊富で、交通の便がよい。日常のお買い物も巨大スーパーから個人店まで、一通り揃っている。さらに昭和区にはテレビ局まであるから、スターになっても大丈夫。まさにゆりかごから墓場まで、なんでも近所で事足りそうだ。

「ゴキソまでお願い出来るかね？」

八事日赤の前で、年配の男性を乗せた。「御器所」は名古屋人以外には読みにくそうな地名だけれども、もし他の地域の人が読み違えるとしたらどうなるだろう。ゴキショ？　ゴキショ、は違う気がするな。どうにも響きが悪いし、ゴキブリの巣窟みたいな印象も受ける。読み違えるにしたって、もう少しマシな読み違え方があるのではないか。ミキショ、ならどうだろう。

響き的には案外いいんじゃないか？　ミキジョ、はどうだろうか。これは駄目だな。最近は歴史好きな女性をレキジョ、理系の女性をリケジョ、といったりするから、三木のり平ファンの女性とか、ジェームス三木ファンの女性みたいな感じになってしまうものな。ジョは駄目だな、全般的に。ジョが駄目だとするとあとは、オキショ、ぐらいか。オウツワドコロ、はさすがにないだろう。器をウツワと読む人はあまりないような気がする。御も大体はミかオかゴだろうから、御器所を読みにくくしているのは結局、ソだということになるな。ソが悪いんだよ、ソが。ソの責任は重いぞ。

「あのねえ、運転手さん、実はわたし、もう長かないんだわ」

後部座席から、唐突にシビアな話題。なにが長くないか、なんてことは訊くまでもない。昨日爪を切ったばかりだから自分の爪はもう長くない、なんてことをいちいち他人に報告する人はいない。寿命のことに決まっている。急にこんなことをいわれて、一体どう返せばよいのだろう。「そんなことありませんよ」といったって医者の見立てがそうなのならばそうなのだろうし、「お大事に」も、このお客さんの落ち着いた様子からも、死が目前に迫ってきたからといって、自暴自棄になるようなタイプには見えないので、こちらからわざわざいわなくとも、すでに「お大事に」していらっしゃるはず、というか、これまで散々「お大事に」してきた挙句、「もう長くない」ということになっているのだろう。つまり、何もいえることがないのである。

「そうだ、ちょっと興正寺さんに寄っておくれる？」

「承知しました」

山手通から飯田街道に入り、興正寺へ。お寺でお葬式の相談をするつもりなのか、それともお参りをして、心を落ち着かせようとしているのか。やはりこのお客さんは、自暴自棄になどならず、人生をきっちり閉じようとされている。命を「お大事に」していらっしゃる。

「お帰りは御器所までですよね。よろしければお待ちしましょうか？　お参りされている間、メーターは止めさせて頂きますので」

「ああ、そう？　悪いね。じゃあ、ちょっと待っとってもらわあかな。駐車場の料金はわたしが払うで、車そこに入れたって」

興正寺の駐車場に車を入れ、運転席から飛び出し、外側からドアを開ける。「お供しましょう」と声をかけ、車にロックをしてお客さんの後に続く。もし途中でなにかあったら、すぐに救急車を呼ぶか、直接八事日赤まで運ばねばならない。これはあくまでも、万が一の場合の話だが。

わりと足腰はしっかりされているよう。随分ご高齢なのに杖もつかず、しっかりと歩いていらっしゃる。人間というのは、わからないものだ。見た目には元気そうでも、この方の命はもう長くないのである。実は身体が辛くて堪らないのに、必死で歩いていらっしゃるのかもしれない。このぐらいの年齢の方は、辛抱強い方が多いから。

興正寺の総門辺りから中門の方を眺めると、中門の奥に五重塔が、その横には中京テレビのアンテナが見えた。伝統的な建造物の隣に、現代的な建造物。新旧二つの塔。おれはこのアンバランスな景色を見るたび、いかにも現代日本的だなあ、と感じる。

古いものを見れば、心が安らいだり、和んだりすることがあるが、新しいものを見れば心が躍ることもある。古いばかりでは退屈、新しさのみでは味気がない。つまりこの景色を見つめることは、古さと新しさを同時に必要とする、欲張りで、いささか節操に欠ける現代日本、ひいてはそこで生活を営む自分を見つめることなのではないだろうか。人は誰しも多面的に、多層的に出来ている。それを美しいと思うか、醜いと思うか。面白いと思うか、つまらないと思うか。もっとも、今やテレビもあまり新しいものとはいえなくなっているが。

参道を歩いて中門をくぐり、大仏さまの前。お客さんはお賽銭を入れて、口の中でなにやらつぶやきながら、熱心に拝んでいらっしゃる。ふと、なにをお願いしているのだろうと気になり、あまり品のよくないことではあるのだが、こっそり聞き耳を立ててみた。

「死にたくない、死にたくない、長生きしたい……」

その祈りを聞いて、胸が詰まった。この年齢まで生き、傍目にはまだまだお元気そうに見えるのに、「もう長くない」はずの命を前にして、取り乱すこともなく、周りにはさして気落ちしているように見せないこのお客さんの胸の内。しんどい身体をもてあましながら、広い境内を駐車場から自分の足で歩き、ここに辿りついて、初めて唇から漏らした言葉。おそらく、本音。やはりまだまだ生きたいのだ、この方も。

「この紅葉が色づくまで、持つかなあ」

五重塔の脇を回って本堂に向かう途中で足を止め、鮮やかな緑色の葉を見上げながら、お客さんが穏やかにつぶやいた。紅葉の季節はそう遠くない。長い人生においては、ほんの一瞬であるともいえるだろう。そんな、ほんの僅かな間に、命の仕舞い方を決めるのだ。如何に人生経験が豊富であっても、記憶の中には収まりきらないほどの美しい思い出を持っていても、時間が足らない、そう思うのは当然だ。

この世に未練が残るというのは、幸せなことなのかもしれない。未練が残るのは、維持したいと思うだけの日々を生きているからだ。若い人だってそうなのではないか。今現在苦しい日々を送っているとしても、それでもなお生きようとするのは、可能性に未練が残るからだ。明日は今日よりよくなるかもしれない、そんな頼りない希望。もしそれらが完全に失われてしまえば、きっと誰もが自分の命に価値を見いだせなくなるはずだ。いかに自分の置かれた状況が悪くとも、完全な絶望を強いられたような錯覚に陥っても、インテリぶってどんなにニヒルを気取っても、今日現在生きているということは、当人にその認識があろうがなかろうが、絶望に勝利し続けている、ということに他ならない。おれだって、この歳になっても、まだそんなことを考えている。今日より明日はよくなるはずだ、明日が駄目でもきっといつかは、そんな淡い希望を持ち続け、絶望に勝利し続けている。ただし、このお客さんぐらいの歳になってもそう思えるか、と考えると、いささか自信がない。

「あの、さしでがましいようですが、私にはもっと長生きされるように見えますよ」

お大事に、だ。いつでも、どこでも、いつまでも。

「あんたもそう思うか。かかりつけの医者もそういうだけどが、どうも信じられんで、頼みこんで紹介状を書いてもらって、今日はでかい病院で診てもらったの。ほんでもあそこの医者も、特に異常はありません、っていうんだわ。健康そのものです、ってなあ。この歳になって健康だなんて、ちょっとおかしいと思わんか？」

おかしくは……、ないと思うが。

「私の祖母も亡くなる一月ほど前まで元気でしたよ。それまでは病気もほとんどしたことがなかったんですが、冬場に風邪をこじらせましてね、肺炎で亡くなったんです。これからだんだんと寒くなりますから、風邪にはどうぞお気を付けください」

「う～ん、絶対におかしいと思うんだけどがなあ。医者にもみつけられん病気が、きっとあると思うんだがなあ」

医者にもみつけられない病気は、きっと医者にも治せないいんじゃないだろうか。しかし、長生きする方というのは、こういう方なのかもしれない。死への恐れとは、生への執着である。

「ここの紅葉は見事ですよね。きっと、いや絶対に今年も見られますよ」

「それまで持つかね、わたしは」

「ははは。お正月だって、節分だって、雛祭りだって、きっと迎えられますよ」

「お正月な。お正月には餅が喉に詰まって……、なんてことにはなりゃせんだろうか？」

秋だな。境内の木々はまだ青々としているが、それを照らす日差しは随分柔らかい。おれの
人生も半ばを過ぎて、そろそろ秋か。この先には見事な紅葉の季節が待っているのだろうか。
いやそれは、まだ随分先のことかもしれない。おれはまだまだ、青いのだ。もうしばらく柔ら
かな日差しに照らされながら、ぼんやりしていよう。いつか来るはずの、見事な紅葉の季節を
夢に見て。

お達者で

新瑞橋駅のタクシー乗り場は川べり。春には桜見物の人々でにぎわう、山崎川に沿ってタクシーが並んでいる。春についてはいうまでもないが、秋もまた、なかなか。昼下がりなど、窓を開けて涼しい風を感じながらじっとお客さんを待っていると、このまま誰も乗って来なければいいのに、なんていけないことを考えてしまう。

タクシー乗り場の内側は、バスの転回するロータリーになっている。ロータリーに沿って、バス乗り場もいくつか並んでいる。市バスの青いライン、雨除けの屋根の、青く塗られた柱、陽の当たったアスファルト。そこに秋晴れの青い空が重なれば、さまざまな濃さの青色でロータリー全体が埋め尽くされる。ああ、青といってもこんなに色んな青があるのだ、と至極当たり前のことをつぶやいて、なぜだか清々しいような、晴々しいような、また少しさみしいような、なんとも複雑な気分になることがある。

「白鳥は哀しからずや空の青海のあをにも染まずただよふ」と若山牧水は詠んだが、このロータリーを行き交う人々も、市バスのラインにも、雨除けの屋根の柱にも、陽の当たったアスファルトにも、秋晴れの空にも染まず、行き交っている。それぞれの青を胸に抱えて。もしかしたら鮮やかな赤をも、少し色褪せた黄色をも、懐にしまって。ああ、哀しからずや、人々は。空の青、バスのあをにも染まずただよふ。

いかんな、いささか感傷的になってしまっている。

「雁道まで乗せてってちょうだゃぁ」

感傷的な気分を打ち砕いてくれたのは、おばあさんのディープな名古屋弁。なんと鮮やかな「ちょうだゃぁ」だろう。

その昔、大須演芸場に伊東かおるという芸人が出ていた。名古屋弁を話すおばあさんのコントや、名古屋弁での漫談をやっていたので、おれはてっきり純粋な名古屋人だと思っていたのだが、二〇〇七年に亡くなったとき、新聞記事で九州の出身だと知り、随分と驚いた。なにしろ伊東かおるさんの名古屋弁ときたら、きんさんぎんさんのそれより深く、うなぎ屋の女将のそれより滑らかで、市長のそれより自然だったのだ。その伊東かおるさんをも上回る、このおばあさんの「ちょうだゃぁ」。

その上、行き先として指定された雁道といえば、落語家、三遊亭円丈さんの故郷である。円丈さんを育んだ街、そう考えると、雁道はかなりディープな名古屋を感じられる場所であるような気がする。したがって、このおばあさんが今時珍しくなってしまったディープな名古屋弁を話すのも、自然なことなのだろう。今やこういったおばあさんもすっかり貴重になってしまった。最近では地元育ちの人間でも自然に話すことが難しくなってしまったディープな名古屋弁を勉強するには、いい機会かもしれない。

「雁道ですね。かしこまりました。いやぁ、雁道にいくのはやっとかめですよ」

「ああ、ほうかね。ほりゃよかった」

あれ、ちょっと反応が冷たいな。今のやっとかめ、発音が悪かったかな。「やっとかめ」は

「八十日目」という意味だという説もあるが、どうもそれは当て字臭くて信用できない。もしそうなら発音は「やっとうかめ」となるはずで、それが話し言葉として使用されるうちに変化したのだとしても、「と」の後の発音は「ぅ」寄りになると考えられる。しかしこの耳で聴く限り、どうも「と」の後は「っ」が隠れており、「やっとかめ」に含まれる言葉の意味は「やっと」と「かめ」の間で切れているように思える。するとおそらく、「やっと」は名古屋弁で長い時間を表す「やっと」、「やあっと」であり、そう考えると発音としては、「やあっと」寄りになるはずで、実際にはちょっとタメ気味に、というか、「や」を少し伸ばす感じにするべきではないのか。しかしあまり伸ばしすぎればわざとらしくなるので、目指すべきところとしては、「やっと」と「やあっと」の間、それもかなり「やっと」寄りなのかもしれない。コンマ数秒の世界で生じる違和。解っているつもりだったが、いざ話すとなると難しいものだ。

「お客さんは、いくつになりゃあしたの？」

「わたし？　まあちいとで九十だわ」

「ほう、まあちいとで九十だとはとうても思えやせんよ。わきゃーし、元気そうだで」

「ふうん、ありがと」

あれあれ、さらに冷たいぞ。今度はどこが悪かったのだろう。発音だろうか、それとも「わきゃーし」がわざとらしかったのだろうか。それとも、馴れ馴れしく話し過ぎたのだろうか。

「そういえば雁道は、三遊亭円丈さんの出身地らしいですね」

もう、わざとらしい名古屋弁を使うのはやめた。難易度が高すぎる。今日のところはリスニングで充分だ。

「ああ、ほんな人もおったね」

「そんな人って、雁道が生んだスターじゃないですか」

「スターちゅうにはちいとセコにゃあか。スターちゅうのは、高倉健とか、勝新太郎とか、ああいう人のことだがね」

さすがの円丈師匠も、地元のおばあちゃんにかかってはかなわない。いや、謙遜をしているとも考えられるな。奥ゆかしいからな、名古屋の人々は。話題を変えるか。

「映画お好きなんですか？」

「なんでえ」

「今、高倉健とか勝新太郎とかおっしゃられたので」

「別に特別映画が好きでにゃーても、高倉健とか勝新太郎ぐらい、日本人なら誰でも知っとるがね。ほういう人をスターというんだがね」

それはごもっともでございますけれども、スターにも色々な人がござらっせるんでにゃあでござらんでにゃあですか？

もういい。黙ろう。おれの主たる仕事はアクセルを踏み、ハンドルを操作することだ。お客さんを目的地まで安全に送り届けることだ。

新瑞橋から環状線をしばらく北上し、山手グリーンロードへ入る。目的地は雁道だが、雁道商店街は東西に約五百メートルあるから、どこで曲がってどこにつけるかが重要だ。

「雁道はどこから入りましょう?」

「販町の通りを上がってったって」

愛知みずほ大学の角を右折し、販町の通りへ。この道はいずれ、雁道商店街の通りにぶつかる。信号を一つ越えて、しばらく行くと、道路脇に「販町商店街」と書かれた看板が見えた。ここから先は特に注意深く車を進めなくてはならない。この通りには歩道がない上に、平日の昼間でも結構自転車が走って来るし、歩いている人もちらほらいる。しかも高齢者の割合が高い。

「市場の前で降ろしてちょ。買い物してかなかんで」

そうなのだ。この辺りを歩いたり、自転車で走っている高齢者の多くは、販町商店街と雁道商店街がぶつかる交差点の少し手前にある、栄市場へ向かっているのだ。この栄市場のような、昔ながらの市場は、時代の流れだろうか、テナントが空いていたり、お客さんがあまりいなかったりするところが多いと聞くが、ここは現在もなかなかの活気を保ち続けているらしい。

この市場が今も市場らしい雰囲気を保ち続け、地元の方々を中心としたお客さんの支持を受け続けている理由はなんだろうか。

この瑞穂区にも大手のスーパーはいくつかあるが、雁道周辺に暮らす高齢者が歩いたり、自転車に乗って通うには少し遠い。もちろんバスもあるし、タクシーもあるけれど、普段の買い物にそれらを使っていくのは面倒である。車でなら便利かもしれないが、高齢になったことを理由に運転を辞めた人も多いだろう。

毎日歩いたり自転車に乗ったりして市場へ出掛けるのは、適度な運動になるだろうし、お店の人と話をしながら夕食の買い物をする、何気ないことだけれども、これはお年寄りにとって、理想的な買い物のスタイルなのではないだろうか。生活のリズムを形成する要因になるし、お店の人と話をするのもきっと、精神的な張りとなる。利便性においても、一つ一つのお店は小さいが、色んなお店が入っているので、毎日の買い物に不自由を感じることも少ないだろう。お店構えも品ぞろえも、それぞれ個性的であり、またそこにはそのお店の人が必ずいる。綺麗に整理された大手スーパーの売り場に比べれば、少し雑然としているかもしれないが、適度な雑然さは脳に刺激を与えるという話を聞いたことがある。これは認知症の予防にもいいのではないだろうか。栄市場が繁盛している理由と、雁道周辺の高齢者が元気な理由は、どうもこの辺りにありそうだ。

「こちらでよろしいですか?」

市場の前に車をつけた。

「ああ、ええわ。ありがと。あのねえ、さっき円丈さんがどうのこうのいやーしたけど、おみゃーさん、円丈さんの落語、聴いたことあらっせる?」

「生ではまだないですが」

「なんだあ、あやせんのかね。こないだ大須の演芸場が再開したでしょう、始まったばっかのときの特別寄席にゃあ円丈さんもいりゃあたのに、なんで聴きに行けせんかったの。おみゃーさんも名古屋の人間なら、ちゃんと応援してあげにゃかんがね」

「はい、すみません。今度みえたときは必ず聴きに行きます」

「ほうしやあ。聴きもせんでちょうすいとったらかんに」

ぴしゃりといわれてしまった。下手な名古屋弁に、知ったかぶり。生意気に思われてしまったのだろうな、きっと。

さっそうと市場に入って行くおばあさんの後姿を見ながら、長生きの秘訣を知ったような気がした。お年寄りがのびのびと、張り合いを持って、幸せに暮らせる街。この雁道は高齢化社会における、一つの理想郷なのかもしれない。

どうぞみなさま、お達者で。あんばようやりゃあせ。

七五三ときよめ餅

熱田区といえば、熱田神宮。誰にも異論はないだろう。その存在感は圧倒的だ。森は広いし、参拝客も多い。特に秋は、七五三を祝う子どもとその家族で賑わっている。

七五三の衣装をまとった子どもというのは、特別に可愛らしいもの。何故あんなに可愛らしいのだろう、と真剣に考えたことがある。その結果辿り着いたのは、「小生意気だからではないか」という仮説だ。

子どもはいつか大人になる。七五三はその節目としての行事。たとえば五歳の男の子が祝う、袴着の儀。これは五歳を境に袴を着用し始めることに由来する。つまり五歳の男の子は、袴を着ける者としては新米なのである。そのためどこかぎこちなく、背伸びをしている感じがするのだ。まして、和服を着る機会の少ない現代。和服を着ること自体が特別であり、袴を着ける機会などこの先おそらく成人式か、結婚式までない。その特別な感じが子どもを緊張させたり、張り切らせたりするのだろう。妙に神妙な顔をして、写真を撮られていたりする。洋装の場合でも同じだ。スーツやタキシードを着た男の子はまるで、小さなおっさん。その姿がどこか小生意気で、可笑しい。

女の子の場合はどうだろう。お姫様になったような気分になるのではないか。澄ましてみたり、おしとやかに歩いてみたり。そういった背伸びが、子どもらしい可愛らしさをより引き立てるのだと思う。なぜなら背伸びこそが子どもの成長の証であり、成長する力こそが子どもの本質であるからだ。

子どもは小生意気であるから可愛い。七五三はそれをはっきりと見せてくれる、貴重な行事なのかもしれない。

「六番町までお願いします」

熱田神宮東側の大津通沿いで、一人の男性客を乗せた。日曜日だというのにスーツを着ている。七五三参りの帰りだろうか。しかし、子どもは連れていない。秋は結婚式も多いが、その帰りでもない感じだ。引き出物を持っていないし、白いネクタイも締めていない。かといって、派手なネクタイやポケットチーフを身に着けているわけでもない。ダークスーツに薄いブルーのシャツ、臙脂《えんじ》のネクタイ。このまま仕事にも行けそうだが、乗せた場所からも服装からも、やはり七五三参りの父親、というのがぴったりくる。七五三の子どもを連れたお父さんの盛装具合は、子どもやお母さんと比べて、控えめであることが多い。

日曜日といっても働いている人はいくらでもいる。仕事を抜け出して家族と合流し、お参りを済ませてまた仕事に戻る、というパターンなのだろうか。気になるが、あまり詮索するのもよくないだろう。人にはそれぞれ事情というものがある。触れられたくない事情だって、あるかもしれない。

「あの、きよめ餅の前でちょっと停まってもらえます？　すぐに買ってくるので待っていてください」

「承知しました。では駐車場に入れましょう」

店舗脇の駐車場に車を入れ、お客さんを待つ。余計な詮索はよくないと思いながらも、つい考えてしまう。きよめ餅を買ってどうするのだろう。どこかにおみやげとして持っていくつもりなのだろうか。

たとえば六番町に親戚がいて、甥っ子か姪っ子の七五三の祝いの席がそこで催されており、このお客さんはそこに呼ばれていて、手みやげとしてきよめ餅を持って行くのだろうか。すると何故、熱田神宮の前から乗ったのだろう。熱田神宮の宮司さんかなにかか？　いや待てよ、熱田神宮の前といっても、乗せたのは通りの反対側だ。つまりあそこは名鉄神宮前駅の前であるともいえる。電車であそこまで来たのかもしれない。近くだから、という理由でロータリーに溜っているタクシーではなく、流しを拾う人は多い。そうか、あそこは神宮前駅からお参りに向かう人の通り道だから、てっきりこのお客さんもそうだと思っていたが、熱田神宮とは関係ないのかもしれない。単に日曜も働くビジネスマンで、六番町の取引先へ手みやげ持参で向かう人であるとも考えられる。

「お待たせしました」

「では、六番町に向かいますね」

伝馬町の交差点を右折して国道一号に入れば、六番町はすぐそこ。もし少々混んでいたとしても、このルートが一番早いだろう。確認するまでもない。裏道を通ろうにも、堀川を渡る必要があるし、渡った先では愛知時計電機の工場や愛知機械工業の工場、熱田高校などに行く手を阻まれ、大回りになってしまいがちだ。お客さんからの指示でもない限り、余計なことは考えない方がいい。

信号に捕まりつつ、だらだら車を走らせていると、後部座席からがさがさという音がした。ルームミラーで確認すると、どうもきよめ餅の包みを開けているようだ。タクシーの後部座席で物を食べることは禁止されていないが、きよめ餅は勘弁してもらいたいところ。餅というのは粉が落ちる。しかも餅の粉は白いから、白いシートカバーの上に落ちても気がつきにくい。そのため、遠慮なくこぼされる、という心配がある。お客さんの降りた後に掃除するのも大変だし、白に白だから目でも確認しづらく、粉を完全に除去できないかもしれない。そこに次のお客さんが座って、そのお客さんがもし黒い服でも着ていたら……。

「すみませんが、車内できよめ餅は……」

そう声をかけようとしたとき、かすかな嗚咽が聞こえた。あれ、何故泣いているのだ？

嗚咽はどんどん大きくなる。次の信号で停まるのを待って、そっと振り返ってみると、お客さんは膝の上できよめ餅の箱を開き、餅を手に乗せて指でつついたり、つまんだりしながら、おいおい泣いている。どういうことなのだろう？　ますますわけがわからなくなった。「一体、どういうことなのでしょう？」と本人に直接質問したいところだが、そうすべきでないことは誰にだってわかる。想像をすることすら、失礼かもしれない。しかし、想像は誰にも止められない。

きよめ餅をぷにぷにするお客さん。ぷにぷにしたくなるものといえば、きよめ餅に熟女の二の腕、子どものほっぺた、猫の肉球。まあここは七五三のシーズンであるということを考えても、子どものほっぺた、という線が濃厚である。

「まあ、やわらかいわね。食べちゃいたい」

「ホント、きよめ餅みたい」

「おばちゃん、ありがとう」

「おみやげは、きよめ餅～」

というテレビコマーシャルがかつてあった。古いコマーシャルだけれど、このお客さんぐらいの年代の名古屋人なら、一度は見たことがあるだろう。七五三でいえばちょうど帯解きの儀を迎えるぐらいの可愛い女の子と、姿は見えないがおそらく二人いるのだろうと思われる大人の女性、「おばちゃん」が、女の子のほっぺたをぷにぷにしつつ、先のようなやりとりをする、といった内容なのだが、もしかしたらあれを思い出しているのかもしれない。

たとえばこのお客さんには娘さんがいて、今日めでたく帯解きの儀を迎えた。なんらかの事情で娘さんとは一緒に生活していないが、今日は七五三のお祝いに駆けつけ、久しぶりに再会した。おめかしをし、ちょっと背伸びをした娘。「大きくなったなあ」と感慨もひとしお。しかし一緒に生活していない娘はなついていない。「このおじさん、誰？」といったような目で父を見る。このお客さんが父親であることは認識しているのだが、小さな頃から離れて暮らしているために、娘の方に実感というものがないのだ。「パパ」と呼んでみたい娘、「大きくなったなあ」

と抱き締め、髪を撫でたい父。しかし、二人はぎくしゃく。違うのだ、お客さん。娘さんの方もきっと戸惑っているのだ。おめかしをし、背伸びをし、すっかり大人っぽく見えるけれど、まだ七つ。まだまだ子ども。複雑な感情を器用に処理出来るような年齢ではない。お客さんの方から、優しく、温かく、両手を広げて、彼女の複雑な心を受け止めてあげてはいかがでしょうか。

というのは考え過ぎだろうか。

六番町の陸橋が見えてきた。ここの陸橋は二階建て。二〇一三年ごろだったろうか、元々あった新幹線架道橋の上に、斜めにクロスする形で、名古屋高速四号線が通ったのだ。新幹線の上に高速道路を通そうというのだから、かなりの難工事だったらしく、その様子は新聞やテレビのニュースでも盛んに報道された。陸橋は以前から六番町のシンボルだったけれど、二階建てになったことでさらにその存在感を増している。しかもこの二階建ての陸橋、新幹線架道橋の垂直方向のアーチと、ちょうどクロスする辺りで緩やかにカーブする高速道路の水平方向のアーチが奇妙に調和する、巨大で、斬新で、美しい橋である。この独特な景観は、名古屋中を探しても他にないだろう。この橋の完成によって、六番町は陸橋の街、そんなイメージがより強くなったように思う。

「まもなく六番町の交差点ですが、いかがいたしましょう？」

「とりあえず六番町を左に曲がってください」

「承知しました」

そういうとお客さんは携帯電話を取り出し、通話を始めた。

「ああ、かあちゃん？　もう着くわ。かあちゃんの好きなきよめ餅買ってきたでよ。かあちゃん、おれが小さい頃、よくおれのほっぺたつまんで、きよめ餅みたいだっていっとったでしょう。なんでかしらんけど、今それを思い出して、涙が出てまって。疲れとるんかな、おれ。あ、もう着くわ。運転手さん、その一方通行を入って下さい。はい、そこです、次を右。そこです、その家です」

車を停めたと同時に玄関から、おかあさんらしき年配の女性が出てきた。携帯電話を握りしめ、はちきれんばかりの笑顔で息子を迎えている。子どものことで泣いているのかと思ったら、子どもとして泣いていたのか。いい歳をして、なんていってはいけないのだろう。大人だって時々子どもだ。子どもだって時々大人だ。

背伸びする子どもがいれば、背伸びに疲れた大人もいる。背伸びする子どもは可愛らしいが、背伸びに疲れた大人はどうだろうか。見苦しいか？　みっともないか？　大人もときには、泣いちゃ駄目か？　かあちゃんに甘えちゃ、駄目なのか？

おれも昔はきよめ餅みたいな頬をしていた。それが今では、腹のあたりがきよめ餅みたいにぷにぷにしている。こうなるまでには色々あった。あんなことや、こんなこと。こんなことや、あんなこと。挫折に失恋、紆余曲折。暴飲暴食、運動不足。気がつきゃ腹が、きよめ餅、か。

あ、なんだか涙が出てきた。おれもきよめ餅、買って帰ろうかな。

利家とまつ

中川運河はかつて、名古屋における物流の要だったと聞く。この運河は元々、名古屋港と笹島にあった国鉄の貨物駅を結ぶ目的で造られたのだが、今や笹島の貨物駅は廃止され、港からの物流も小回りの利くトラックやトレーラーが主流となっている。時代から取り残されてしまった、と言えるだろうか。しかし、使われないのが勿体ないぐらいの立派な運河だ。川幅は広いし、その両岸には今も工場や倉庫が立ち並んでいる。

現在における中川運河の存在意義は、景観ということになろうか。運河にかかる橋を通るたび、綺麗な川だなあ、と思う。それは水質が良いとか、自然の川のように流れのうねり方が美しいとか、見事な岩や大木が川岸を美しく飾っている、という意味ではない。長良橋の南辺りからズドーンと真っすぐ海まで続いている感じが、なんとも気持ちが良いのである。川の上には橋より高いものはないので見通しがよく、橋の上から南を眺めると、中川運河は本当に真っすぐなのだとわかる。心のねじ曲がった自分が恥ずかしくなるぐらいに。

「荒子方面まで」

というお客さんを乗せた。サラリーマン風の男性と、素敵な奥さまといった感じのする女性のカップルである。夫婦であるような気がするのは、特別怒っている風でもない女性に対し、男性がややおどおどしているように見えるからだろうか。夫婦でなくとも、女性に気を遣いすぎる風に見える男性はいる。また、女性が怒っている時に男性がおどおどするのは自然なことだ。その場合との違いを明確に言葉にするのは難しいのだが、男性のおどおどした様子がちぐはぐでない、というのか、板についているというのか。そしてそれをまったく気にかける様子のない女性の、堂々とした様子。悪口を言っているのではない。慣れている、といった印象を受けるのだ。もし夫婦でなければ、よほど長い間付き合っているカップルだろう。誤解を恐れず説明するならば、結婚すると女性は変わる、というけれど、変わってしまった後の女性、という感じがするのである。くどいようだが、悪口を言っているのではない。あくまでも良い意味で、である。

「あの、荒子ってどんなところですか?」

男性の方からそう質問された。このお客さん、荒子は初めてなのか。

「荒子ですか。そうですね、荒子といえば、円空仏で有名な荒子観音でしょうか。なんでも千体以上あるとか。今日は観光ですか?」

「いいえ、観光ではなくて、今度転勤で名古屋に来ることになりましてね。今日は下見といいますか。こちらの支店で探してくれた物件が荒子にありまして、一度どんなところか見ておこうかと」

「ああ、そうですか。会社は名古屋駅のお近くですか?」

「そうです。新幹線口の方です」

「それなら通勤は便利ですね。中川区には、地下鉄の東山線と、近鉄の名古屋線と、名古屋臨海高速鉄道のあおなみ線が通っていますが、新幹線口方面はあおなみ線の出口が一番近いんです。しかも荒子駅からだと、名古屋駅まで確か、七分ぐらいですかね」

「え、そんなに近いんですか？　今は東京ですが、通勤には四十分以上かかっていますよ。これはいいなあ。たった七分か」

物件を手配した担当者は、名古屋に長く暮らしている人なのだろうか。いいところを突いている。名古屋駅付近で働くなら、荒子辺りは狙い目だ。あおなみ線が開業してから、中川区は本当に便利な場所になった。

「あなたはそれでいいかもしれないけど、わたしのことはどうなの？　少しは考えてくれてるの？」

ごもっともです、奥さま。転勤は夫の都合だが、単身赴任という選択をせず、転勤先で一緒に生活をするようだから、奥さまは現在家庭に入られているはずで、そうなると家で長い時間を過ごすのは奥さまの方である。

「それは、そうだけどさ。やっぱり通勤に便利なのが一番じゃないかな」

「そうやっていつも自分勝手なことばかり。転勤だから仕方ないけど、なんでずっと東京にいられるように頑張ってくれなかったの？」

「頑張ってるよ、ボクは。今回だって栄転じゃないか。頑張った結果だよ」

「栄転っていうけど、こんなに急だなんて」

「仕方ないだろう。前の支店長が身体を壊されたんだから。まあ、代打みたいな感じだけれども、一応役職は上がるし、手当だって上がるよ」

「それは嬉しいけど、こんな年末に引っ越しをしなきゃならないなんて。それも名古屋なんかに」

名古屋なんかに、とは聞き捨てならんな。ちょっと頭に来た。おいおい、奥さま、名古屋はいいところですよ。

「奥さまはどんなことがご心配なんですか？」

さしでがましいかもしれないが、せっかくの御縁だ。この際、名古屋のことを好きになってもらおうじゃないか。

「だって、名古屋って車社会なんですよね？　お買物だって、車がなければ不便なんでしょ？

わたし、免許持っていないし」

「いいえ、荒子の駅前にはスーパーがありますし、駅から歩ける範囲にも何軒かあります。

それに中川辺りは起伏が少ないので、自転車も便利ですよ」

「でも、おしゃれなファッションとか……」

「荒子駅からあおなみ線でたったの七分、ご主人が通われる名古屋駅周辺には、ジェイアール名古屋タカシマヤ、名鉄、近鉄とデパートが揃っていますのでご安心ください」

「美味しいレストランとか……」

「名古屋駅の上には名古屋マリオットアソシアホテルや、タワーズプラザレストラン街があって、和食、洋食、中華、天ぷら、寿司、なんでも揃っています。新幹線口側には近年どんどん新しいお店が出来ていますし、反対の桜通口側にはミッドランドスクエアや新しくなった大名古屋ビルヂング、その周りにも色んなお店が沢山あります。お給料日なんか名古屋駅でご主人と待ち合わせてデートというのはいかがでしょう。お店選びには困りません。しかもなんとその名古屋駅からあおなみ線で荒子まで、たったの七分。お里帰りをされるにも、のぞみの停まる駅まで、たったの七分」

「スポーツジム……」

「荒子駅から運河の方に向かってしばらく行くと、テニスコートもプールもある、大きなスポーツクラブがありますよ。料金もそんなに高くないはずです」

「わたし、読書が……」

「ああ、それでしたら、荒子駅の目の前に中川図書館がありますので、ご安心ください。本屋さんも中川区内には、個人店から大手チェーンまで色々揃っています。あと最近では、吉川トリコという名古屋在住の作家が、『名古屋16話』という、名古屋市内の十六区と、周辺の町を舞台にした小説集を出しましてね。せっかく名古屋においでになるなら、これを読まれてはいかがでしょうか。名古屋での生活を、よりお楽しみいただけるかと思います」

どうですか、奥さま。名古屋、いいところでしょう?

「なんだか運転手さんに妻を説得してもらっているみたいで、申し訳ないな……」

いいんですよ、ご主人。私はあなたのために頑張っているのではありません。名古屋の名誉のために闘っているのです。

八熊通に入って西へ、篠原橋を渡る。上手い具合に信号が赤になり、橋の上で車は停まった。今日も運河は静かに水をたたえ、水面に太陽を映している。静かな川は、いたずらにきらきらしない。空から降って来る光を平たく広げ、ゆるやかな流れと、時々吹いてくる風を受けて、ゆらゆらさせるだけ。海に向かって真っすぐ伸びる、黄金の帯のところどころに、川岸に建つ工場や倉庫が影を落としている。この川は、人によって造られた。人のために造られた。美しい景色は、自然によってのみ造られるものではない。自然を巧みに利用しようとする、人のたくましさによって造られる場合もあるのだ。

「あれ、あんなところに観覧車が見える」

奥さまが窓の外を指差しながら、明るい声で言う。ご主人が微笑みながら、優しく頷いている。ご主人は優しい方なのだろう。奥さまはきっと、しっかりした方なのだろう。ご主人は奥さまに気を遣いながら、ややおどおどしているようにも見えたけれど、きっと相性の良いカップルなのだ。奥さまに気を遣うのは、優しいからだ。奥さまが堂々とご自分の意見をいわれるのはきっと、夫婦の幸せな生活について真面目に考え、責任を持とうとしているからだ。こういった何気ないしぐさに、夫婦の仲の良さというのは現れるもの。名古屋に引っ越して来られたら、あの観覧車に二人して乗られるのかな。

「ご存知かもしれませんが、荒子は前田利家公の生誕地でもあります」

「そうか。加賀百万石、前田利家の故郷か……」

「ぜひ利家公にあやかって、いずれは百万石の主となられることをお祈りしております」

名古屋の次の転勤先は、金沢かな。

「まもなく荒子ですが、どちらにおつけしましょう？」

「とりあえず駅の周りを見たいんで、駅へ」

「かしこまりました」

荒子駅のロータリーには前田利家の像が設置されている。その横にはその妻、まつの姿が。この二人はとても仲の良い夫婦であったと伝えられている。まつあってこその利家。利家あってこそのまつ。

車を降りた二人は、駅前のスーパーへと真っすぐ入って行った。しっかり者の奥さまが、物価や品物の鮮度などを厳しくチェックされるのだろうか。大丈夫、中川の生活は、厳しい奥さまの目にもきっと適うはずだ。

せっかくロータリーに車を入れたのだから、ここでしばらくお客さんを待ってみるか。利家とまつの、像の前で。

水辺にて

鼻水が出て困る。咳は出ないし、悪寒も、関節の痛みもない。多分インフルエンザではないだろう。

インフルエンザになれば、仕事を休まなければならない。ドライバーがゴホンゴホンとやっていたら、お客さんは不安になるだろうし、うつしてしまってもいけない。マスクをするのもあまりよろしくないように思う。タクシーというのは密室であるから、マスクのせいでドライバーの表情がわからなければ、お客さんも怖いだろう。お客さんを乗せる際には会社名と名前を名乗るし、後部座席から見えやすい位置に写真付きの自己紹介カードも掲示してあるけれど、それでも不安になる気持ちはわかる。

正直にいえば、それはドライバーにとっても同じことで、目つきの鋭い人がマスクをしたまま乗車してきて、不愛想に「とりあえずまっすぐ行って」などといわれると、「まさか強盗ではないよな」と少し不安になる。まっすぐ行った先が人気のない場所であったりすると、不安はより大きくなる。タクシーには天井の行灯を点滅させ、周囲の車にＳＯＳを伝えるためのスイッチがついているのだが、いつでもそれを押せるよう準備しながら、目的地につくまで緊張していたりする。さらに不安なのは、万が一のことが起こった場合、冷静な対応をし、このスイッチをうまく押せたとしても、周囲の車がピンチに気づいてくれるだろうか、ということだ。

実はおれもタクシードライバーになるまでは、こんなシステムがあることを知らなかった。もし運良く他のタクシーやこのシステムについて知っている人が周りを走っていたとしても、「ああ、間違えて押しちゃったんだろうな」と思って対処をしてくれない、ということも考えられる。あるいは、どう対処してよいのかわからない、といったこともあるかもしれない。まして行き先が人気のない場所だったら……。無線や携帯電話で助けを求めようにも、人気のない場所ならば助けがやってくるまでに時間がかかるだろう。もしものことが起こった場合には、素直にお金を差し出し、命だけは助けてもらえるようにお願いするしかない。

それにしても鼻水である。タクシーは空車であっても、市内を走っている時は常に「流し」の状態にあるともいえるので、お客さんがいつどこで手を挙げて下さるかわからない。車を停め、ドアを開け、「ありがとうございます。どうぞ」と微笑んだ際に鼻水がたらりと垂れてしまってはみっともない。したがって、鼻水が出そうだな、と感じたらすぐにかんでおく必要がある。

また、ここにも一つの不安がある。タクシードライバーという職業柄、トイレの確保というのはなかなかにシビアな問題だ。特にこの頃は歳のせいか、トイレが妙に近くなった。大体どこのコンビニでもトイレを貸してくれるが、コンビニでトイレを借りた場合、何も買わないで出てくるのは具合が悪い。礼儀というか、常識としては、コーヒーの一杯でも、ガムの一つでも、買って出るべきだろう。しかしだ、このコーヒーというのが曲者で、休憩時間には車を降りてリラックスをしたいので、喫茶店などに行くことも多く、コーヒーは充分に足りているというか、わざわざコンビニで買わなくとも、ということが多い。ならばガムを買えば良さそうなものだが、お客さんを乗せているときにガムを噛むわけにはいかないし、次のトイレのタイミングまでに買ったガムをすべて消費できなければ、ガムがどんどん溜まってしまう。これはタブレット菓子でも同じだ。ガムほどたくさん噛む必要がなく、顎は疲れないが、次のトイレのタイミングまでに消費しようとするならば、口の中を常にスースーさせていなければならなくなる。

というわけで、公園などのトイレを使うことも多いのだけれど、ここでの不安は「紙がないのではないか」ということだ。この不安への対処は簡単で、「水に溶けるティッシュ」というものを持っていればよい。おれも常に水に溶けるタイプのティッシュを選んで買い、携帯している。ところがこの「水に溶けるティッシュ」が、また新たな不安を生むのである。そう、鼻水。鼻水とはつまり、鼻から出る水。お客さんを乗せている間は鼻をかむことが出来ないので、時折そっとすすりながら、ごまかしごまかし運転をし、やっと目的地についてお客さんを降ろして鼻をかみ、「ああ、スッキリした」と安堵した瞬間、手に不思議な感覚が。なんだろう、と目をやると、鼻をかんだティッシュが掌の上で溶け始めて……。というのは考えすぎだろうか。まさか、とは思うもののやはり怖いので、鼻をかんだ後はすぐに捨てるようにしている。

港区は汐止町の辺りで、お客さんを降ろした。ちょうどトイレのタイミング。コーヒーは足りている。ガムは溜まっている。ここは稲永公園だな。

汐止町の交差点を西へ行くと、すぐに駐車場の入り口が見えてくる。ここには中央分離帯があるので南側の駐車場には入れるが、道路を挟んで北側にある、公園に隣接した駐車場には入れない。南側に入れても歩道橋を使って公園側に移動し、そちらにあるトイレを借りることもできるけれど、なぜか南側の駐車場のゲートは開いていないことが多い。やはり今日も開いていなかった。しかし慌てない。フェリー埠頭の交差点まで行ってUターンをしてくれればよいのだ。ここからフェリー埠頭の少し手前までは、西側に庄内川の河口というか、海というか、つまりは海と川の境目辺りがずっと見える、眺めの良い道路である。そこを往復できるのだから、南側の駐車場が閉まっていてもがっかりすることはない。

眺めを堪能しながらフェリー埠頭の入り口でUターン、駐車場に車を入れて公園のトイレを借り、外へ出ると、実にさわやかな気分になった。溜まっていたものを出したからではない。暖房によっていささか温められすぎた身体に、冷たい風が心地良いのだ。

この稲永公園は庄内川の河口に面して造られている。駐車場から川に向かって緩やかに続く斜面を上ると小さな広場があり、そこから河口の景色を眺められるようになっている。庄内川の河口の向こうには、新川の河口が見える。あの辺りがたしか、渡り鳥の渡来地としても有名な藤前干潟だ。残念ながら今は潮が満ちており、干潟の様子はわからないが、目を凝らしてよく見ると、小さな粒が動いているような気がする。カモだろうか。サギだろうか。かなり距離があり、肉眼では確認できない。もしかしたら単なる、目の錯覚かもしれない。

鳥なのか、目の錯覚なのか。確認しにくいことであればあるほど、確認したくなるもの。広場のすぐ脇にある、藤前干潟稲永ビジターセンターの入り口から館内に入り、設置されている双眼鏡を覗いた。

頑丈な三脚に据えられた立派な双眼鏡をゆっくり左右に振ってみると、庄内川の河口と、新川の河口の間に積まれた波消しブロックの手前辺りに、カモらしき鳥が浮いているのが見えた。カルガモだろうか、マガモだろうか。流れが速いのだろうか、風が強いのだろうか、ぷかぷか浮いているというよりは、どんぶらこ、どんぶらこ、と漂っているように見える。優雅なようだが、あれはあれで大変なのではないか。あんなに上下に揺れているのだ、船酔いのような状態になりそうなものだが。

そのうちに見ているこちらがくらくらしてきたので、外に出て水辺を歩いた。暖かい車から出て冷たい風に吹かれ、ビジターセンターでまた暖まって、また外で冷たい風に。どうも身体の具合がおかしい。寒いような、暑いような。皮膚の表面は冷たいが、体の芯は暖かいような。おれは今、寒いのか？　暑いのか？　ちょうどよいのか？　妙な感覚である。

水辺の手すりにもたれてしばらく河口を眺めていると、やはり冬だ、体の芯まで冷えてしまい、またトイレに行きたくなってきた。稲永ビジターセンターのすぐ北側には、名古屋市野鳥観察館がある。ここからならこちらのほうが近い。野鳥観察館でトイレを借りようか。

館内の暖かさが心地よい。朝からずっと暖房の効いた車内にいて、身体が熱っているように感じるぐらいだったが、冷えてしまうのは早いものだ。あんなに外が寒いのでは、もう少し身体を温めてからでないと、とても外に出る気になれない。用を済ませたら、野鳥でも観察しながら、しばらく館内で暖まっていこうか。

先ほど入った藤前干潟稲永ビジターセンターは、干潟についての展示やラムサール条約についての展示が主だったが、こちらは干潟や、干潟に集まる生き物についての様々な展示がしてあるものの、名古屋市野鳥観察館というだけあって、鳥の観察がメインであるようだ。館内の、川に面した窓辺には、フィールドスコープがたくさん並んでいて、無料で利用できるようになっており、壁の黒板には観察日と、確認された鳥の種類、数などが書いてある。大潮の干潮時など条件の良い時には、野鳥愛好家の人々がここにずらりと並んでフィールドスコープを覗きつつ、数取器をカチカチやるのだろうか。

せっかく来たのだからと、フィールドスコープを覗いてみた。このフィールドスコープ、覗くのに少しコツが必要だ。うまくレンズの中心に目を合わせないと、視界が真っ暗になって何も見えない。試行錯誤の末に何とかコツをつかんで水面を見ると、カモばかりではなく、もっと大きな鳥も見えた。サギやシギの仲間だろうか。今おれは、すごいものを見ているのかもしれない。知識がないせいで、これがどれだけすごいことかわからないけれど、いいものを見たような気がする。数取器をカチカチやってみたいような気にもなる。

しばらく観察をしてから外に出、水辺で冷たい風に吹かれながら景色を眺めた。先ほども少し眺めたけれど、途中でトイレに行きたくなったから、まだ眺めたりないような気がしたのだ。水辺の景色としてはここが、名古屋随一かもしれない。河口の向こう側、はるか遠くに、連なった山々が見える。養老山地だろうか、それとも鈴鹿山脈だろうか。いや、きっと両方だ。北から続いてくる手前の連なりが養老山地、その奥の、ずっと南に向かって伸びているのが鈴鹿山脈だろう。南を見れば、名港西大橋が。あれを渡れば飛島村、そしてその先には長島、四日市。ここは名古屋の西の端。

そのうちに身体が冷えた。ああ、トイレに行きたい。野鳥観察館で借りようか、ビジターセンターで借りようか。ダメだ、それではきっと無限ループだ。トイレを借りに中に入れば、また外に出たくなくなり、観察をしたり展示を見たりしているうちに、また水辺の風に吹かれたくなり、風に吹かれているうちに身体が冷えて、またトイレに行きたくなり……。駐車場のそばのトイレまで行こうか。あそこで用を足して、急いで暖かい車の中に戻れば、このループは断ち切れるはず。

冷たい風の吹く水辺を離れ、防風林の役割をするのであろう松林を抜けて、駐車場を目指す。それにしても寒い。ああ、鼻水まで出てきた。水溶性のティッシュで拭わねば。いや待てよ、拭ったティッシュはどうする？　慌てて戻って、車の中に置いてあるゴミ袋に捨てるとしても、それまでに溶けてしまわないだろうか。怖いな、危険だな、ピンチだな。すすってごまかしつつ、車へ急ぐ。早足になったせいか、尿意が増して来た。もはや一刻を争う状態だ。鼻水が先か、トイレが先か。そうだ、せっかく水溶性のティッシュを持っているのだから、鼻をかみつつ進み、使ったティッシュをトイレに流せばいい。やはり、どんなピンチに陥ろうとも、冷静さを失わないことが大切だ。冷静さを失いさえしなければ、ほとんどのピンチは乗り切れるもの。

　水溶性のティッシュを持っていてよかった。いや、そもそも普通のティッシュを持っていれば、こんなピンチに陥ることもなかったのか。やはり、両方用意しておいたほうがよいのか。

こんなピンチに見舞われたのは初めてだし、今後も滅多にないのだろうけれど、万が一に備えることは大切だ。

いい景色

ＪＲ笠寺駅と名鉄本笠寺駅は、少し離れている。距離にすればどうだろう、七、八百メートルぐらいか。本笠寺駅は笠寺という地名の由来ともなった笠覆寺、いわゆる笠寺観音の最寄り駅で、笠寺駅は日本ガイシスポーツプラザの最寄り駅だ。

この二つの駅、同じ笠寺という名を持ちながら、随分と趣が違う。本笠寺駅の周りは笠寺観音の門前ということもあってか、駅から観音さまの境内までの間には商店街があり、道路の幅や入り組み方を見ても、昔ながらの名古屋の街、という感じがする。

それと比べてＪＲ笠寺駅は、別の意味で名古屋らしい駅であるといえる。この駅は名古屋港周辺の工業地帯を走る名古屋臨海鉄道とＪＲの接続地点になっていて、広大な構内には何本もの引き込み線があり、ここで機関車の付け替えや、東海道本線の旅客列車からの待避が行われている。

すぐ西側にある日本ガイシスポーツプラザには、広い敷地に日本ガイシホールや日本ガイシアリーナなどの巨大な建物が並んでいる。広大な構内を持つ駅と、広大なスポーツ公園。細い道が入り組み、昔ながらの商店や住宅が立ち並ぶ名鉄本笠寺駅周辺とは、対照的な光景だ。

初めて笠寺を訪れる人などは、名鉄で来るか、ＪＲで来るかによって、笠寺という街の印象が随分違うのではないか、と思う。しかし、どちらも笠寺であり、また、どちらも名古屋なのだ。

ＪＲ笠寺駅の近くで、カメラを持った男性を乗せた。駅前のロータリーからではなく、駅南側の、陸橋近くからである。

「東港駅までお願いします」

東港駅、と聞いてピンと来なかった。ここからそれほど遠くないところに、名鉄の東名古屋港という駅がある。三菱重工や、愛知機械の工場がある辺りだ。名鉄大江駅から分かれている名鉄築港線の駅で、朝夕には通勤客用の列車があるが、日中は確か走っていないはず。そこのことだろうか。東名古屋港駅、略して東港駅、うん、あるかもしれない。なぜそんなところへ行くのだろう？　カメラ、笠寺駅、ああ、そうか、この人、「撮り鉄」だ。

「東名古屋港駅、でよろしいでしょうか？」

「ああ、やっぱりそうなっちゃいます？　仕方ありませんよね、あはは。東港駅っていうのは、名古屋臨海鉄道の駅なんですよ。貨物専用の」

行き先が駅、というのは頻繁にあることだが、貨物駅というのは珍しい。この仕事も長くなったが、初めてかもしれない。もちろん、初めてであるということは、その場所を知らない、ということでもある。

「すみません、その場所を存じ上げないのですが」

新人ならいざ知らず、もはやベテランともいえるドライバーにとって、お客さんから指定された場所を知らないというのは悔しいことだ。しかし、知ったかぶりをしてはいけない。道を間違えればその分メーターが伸びてしまい、お客さんに迷惑をかけてしまう。

「あはは、そりゃあそうでしょう。なにしろマイナーな場所ですからね。大丈夫です、地図を用意していますから」

そういうとお客さんは、スマートフォンの画面を見せてくれた。

場所は大同大学滝春キャンパスの西側辺り。柴田本通から船見町の方へ走って行くと、白水公園のすぐ先、港区との境となる辺りに、名古屋臨海鉄道のものらしき踏切があるが、その少し北側だろうか。でも、あんなところに駅なんてあったかな？

「大体の場所はわかりましたが、どこからアクセスしたらよろしいでしょう？」

「そうだな、今日はここからせめましょう」

指定されたのは、大同大学滝春キャンパスの北側の道。線路際まで入れるかはわからないが、かなり近くまでは行けそうだ。

「承知しました」

笠寺から環状線を西へ、国道２４７号を左折して南下、大同町３の交差点を右折。大同町駅のすぐ南側で名鉄常滑線をくぐれば、すぐに大同大学滝春キャンパスが見えてくる。この先に東港駅はあるはずだが、先ほど見せてもらった地図やカーナビを見る限り、どうやら道がややこしいことになっていそうだ。

大同大滝春キャンパスの北西角付近まで進む。道路が終わっているような、いないような。直進は無理だけれど、道は左右に別れている。車が通れないことはなさそうだが、道幅は狭いし、どこからが鉄道の用地で、どこまでが公道なのかがわかりにくい。気付かぬうちに危険な場所に入ってしまうことだって考えられるし、どこで道が途切れてしまっているかもわからない。

「この先、進入は難しそうなのですが、こちらでよろしいでしょうか？」

「ああ、やっぱりそうなっちゃいます？　ここで大丈夫ですよ。そこがもう、駅ですから」

正面には確かに貨物列車のコンテナと、ディーゼル機関車の姿が確認出来る。しかし、あまり駅という感じがしない。プラットホームがあるわけではないし、トラックなどから列車に荷物を積み替えるための設備がありそうにも見えない。というか、コンテナや荷物を積んだトラックがやって来ても、恐らくここより奥には入れないだろう。

「これが駅ですか……。ただ線路が並んでいるだけのように見えますが。いくら貨物専用の駅だとしても、これではトラックも入れませんし、どうやって荷物の積み下ろしをするのでしょう？」

そう質問をすると、お客さんは待っていましたとばかりに、にやりと笑って腕を組み、得意げに話し始めた。

「ああ、やっぱりそういう疑問持っちゃいます？　いやいや、無理もありませんよ。一般の方は大体そうです。僭越ながら、お答えしましょう。実はですね、ここでは貨物の積み下ろしをしないのです。それならなぜここに駅があるのか、って思っちゃいます？　お答えしましょう。ここでは入れ替え作業や、貨車の連結、解放などの作業を行っているんですよ。また、車両基地としての役割も担っている、いや正確にいうならば、車両基地が併設されている、というべきかな」

「なるほど、そうでしたか」

よくわかったような、わからないような。

「すみませんが、少し待っていてもらえますか？　もうすぐ上りの列車がやって来るはずなので、ここで軽く写真を撮ったら、すぐに白水の踏切に移動したいんですよ」

他の車はなかなかやって来そうにないが、大同大学の駐車場の出入口はすぐそこだし、その向かいには、工場の駐車場への出入口がある。道路沿いにはコーンが並べられており、駐車禁止であることがわかりやすく示されている。

「承知しました。では車の向きを変えてお待ちしております。しかし、ここはちょっと駐車しておきにくいですね」

「ああ、やっぱりそうなっちゃいます？　じゃあ、そこの角のコンビニで待っていていただけませんか？　写真を撮ったら走っていきますんで」

「わかりました。お姿が見えたら、すぐに車を出せるように準備しておきます」

いいお客さんに当たった。タクシードライバーに違反を強要しようとするお客さんは案外と多い。一方通行を逆に入れとか、急いでいるからスピードをもっと出せとか。その手のお客さんは決まって「もし警察につかまったら罰金を出すからいいじゃないか」という。そんなお客さんに当たった時は、断るのにかなり苦労する。罰金を出してもらったとしても、違反によって差し引かれる点数はこちら持ちだし、万が一事故でも起こしたら取り返しがつかない。急いでいるのなら早く家を出ればいいのだし、もし遅刻をしたのなら早く家を出なかったお客さん側に責任があるのだし、一方通行の道に侵入出来ないのなら回り道をするのが正しい方法であるばかりか、メーターが一回ぐらいは上がるかもしれない。つまり、お客さんの無理な注文を聞いたところで、こちらには何のメリットもないのだが、率直にそういってしまえば恐らくお客さんが怒りだすので、急いでいるお客さんの場合は到着時間はたいして変わらなくとも、脇道を選択して急いでいるそぶりを見せたり、一方通行を逆から入れというお客さんには、「申し訳ありません。同僚がこの間そこでつかまりまして。別の道でお願いできませんか。もう点数がないので」などと言い訳がましいことをいって、なんとか勘弁してもらおうとする。それでも「大丈夫だから。いつも運転手さんに入ってもらっているけれど、一度もつかまったことなんてないから」としつこいお客さんも多い。そうなった時は「申し訳ありませんが、他の車を探して下さい」というしかないが、中には「乗車拒否をされた」などと会社やタクシー協会にクレームの電話を入れる人もいる。長年勤務していることによって、会社からの信用を得られているので、理由を説明すれば処分をされることはないけれど、それでもやはり嫌な気分になる。

お客さんを降ろして角のコンビニまで移動し、ホットコーヒーを買って駐車場で飲みながら駅の方向を眺めていると、やがて必死の形相で走って来るお客さんの姿が見えた。こちらも急いで運転席に乗り込んで、駐車場の出口付近まで車を移動させ、ドアを開けてお客さんを待った。

「お待たせしました。白水の踏切までお願いします。急いで下さい」

「承知しました」

急いで下さい、といわれても、白水の踏切はすぐそこだ。信号無視でもしない限り、急ぎようがない。それでも急いでいるようなふりをする。ハンドルの上で指をせわしなく動かしたりして。信号につかまった時は「ああん」と残念そうな声を漏らしたりして。無理をいったり、急に怒り出すようなお客さんではなさそうだけれども、これもサービスだ。「急ぎ」を共有するのだ。

「すみません。急いでいるつもりなのですが、信号ばかりは何ともなりませんで。どこへお着けしましょう？」

「なるべく踏切の近くで降ろして下さい」

踏切の手前につけると、お客さんは「じゃあ、白水公園のところで待っていてもらえます？このまま通過する列車を撮ったら笠寺に戻りますので」といって、飛び出していった。Uターンをしようと車を出したと同時に警報音が鳴り始め、目の前の信号が赤になった。間に合って良かった。本当にぎりぎりだったのだな。もっと余裕を持って移動すればよいようにも思うが、きっと撮影に夢中だったのだろう。

ここには赤いランプの点滅で列車の接近を知らせる警報機も、遮断機もない。踏切用の道路信号と警報音だけで車を止め、踏切の手前で一旦停止する機関車から係員が降りてきて安全を確認し、列車を通過させるスタイルだ。これもきっと、珍しい光景なのだろう。お客さんはカメラを構えてその様子を激写している。さっきの東港駅といい、この踏切といい、鉄道マニア以外の人からはあまり注目されないのだろうけれど、ここにはこうして列車が走っており、その列車が貨物をあちこちに運んでいる。

おれの知らないところで、おれの知らない誰かが、おれの知らないことをし、おれの知っている何かを支えている。そんな、おれが知らないはずの誰かの姿がちらりと見えたとき、妙な心強さを感じるのはなぜだろう。街の厚みに安心するのだろうか。それとも、誠実な街のあり方に感心するのだろうか。自分の目には見えないところで、ちゃんと社会を回す力が働いている。だからおれはおれのやるべきことを、一つずつ確実にこなしていけばよい、そんな気持ちにもなる。

窓を開けて耳を澄ます。警報音の懐かしい響き。最近の踏切はどこも電子音だが、ここの踏切は昔の音がする。カンカン、カンカン、と鳴っている。図らずも、最前列のかぶりつき。停止線のすぐ先を、青いディーゼル機関車に引かれたコンテナ車がゆっくりと通過してゆく。

いい景色、だな。

オオモリーゼのために

守山は守山だ、という感じがする。個性的というか、独自性があるというか。たとえば、守山区民にはおなじみのゆとりーとライン。日本唯一のガイドウェイバスであるばかりか、専用路区間全線が高架になっているという例は、世界中を見渡しても他にないらしい。この世にも珍しいバス、起点となる大曽根駅から二駅ほどは東区内を走るが、矢田川を渡ればあとは専用路区間の終わる小幡緑地まで、ずっと守山区内を走っている。小幡緑地から一般道へ入り、志段味を経由して春日井市の高蔵寺まで行くバスもあるけれど、高蔵寺から大曽根へ行くのならばＪＲ中央線の方が圧倒的に便利であることを考えると、ゆとりーとラインの主な利用者は、守山区民、あるいは守山区内に用事のある人だということになる。つまりゆとりーとラインは実質的に、守山区のもの、なのではないか。

また、守山区内を東西に横切る名鉄瀬戸線。中区栄から瀬戸市まで続くこの路線もまた、独特だ。愛知県内と岐阜の一部地域に、網の目のように張り巡らされた名鉄の路線の中で唯一、この名鉄瀬戸線だけが他の路線と繋がっていない。使用されている列車も瀬戸線専用のもので、名鉄の路線でありながら、どこか名鉄らしくない感じがする。

車両の運行形態も少し変わっていて、急行や準急が走ってはいるのだが、瀬戸線内には退避設備のある駅がないため、普通列車が後からやって来る急行や準急に途中で追い抜かれることがない。どの駅から、どの種別の列車に乗ろうとも、その列車が一番早く終点に着く、というわけだ。これはどの列車に乗ろうかと迷う必要がなくて、非常によいと思う。

名鉄瀬戸線小幡駅の近くで、女性を乗せた。

「金城の方まで行ってくださる？」

「はい。金城学院大学の辺りですね？」

名古屋には金城と呼ばれる場所が、主なものだけでも三カ所ある。まずは守山区内にある金城学院大学。もう一つは、東区白壁にある、金城学院中学校・高等学校。そして名古屋市北区金城。他にも公立の金城小学校、港区の金城埠頭など、金城と名のつく施設や場所はあるが、それらが「金城」と略されることは少ない。今回のように守山区内から乗せた場合は、ほとんどが金城学院大学周辺のことで間違いないが、それでも一応確認をしたほうがよいだろう。

「金城のすぐ下にお宮さんがあるのはご存知？　あの辺りまでお願いします」

小幡駅から、金城学院大学最寄りの大森・金城学院前駅まではたった二駅。電車なら五分とかからないはずだし、運賃も二百円未満だろう。乗せたのは小幡駅のすぐ近くだし、金城学院大のすぐ下にある神社は、駅から歩いてもすぐである。タクシードライバーでありながら、こんなことを考えるのもなんなのだが、ちょっともったいないような気がする。ましてこの時間、瀬戸街道も渋滞していそうにないので、このまましばらく瀬戸街道を真っすぐ走って行くつもりだ。恐らく距離的にも最短に近いし、時間的にもそれが一番早いはずで、お客さんからも文句は出そうにない。しかし気になるのは、この瀬戸街道に沿うようにして、名鉄瀬戸線が走っていることだ。さらに途中で瀬戸線が、この瀬戸街道とクロスしていることだ。そこの踏切につかまれば、お客さんの目の前で、後から来た電車に追い抜かれることになる。料金は高い、到着は遅い。お客さんがタクシーに乗って行くと決めたのだし、お客さんが料金を払うのだから、別にこちらが気にすることはないのだけれど、なんだかな、本当にいいのかな、という気になる。

きっとこのお客さんはお金持ちなのだろう、それこそ娘さんを中学から金城学院に通わせるぐらいに、そう思うことにした。ああ、そうだ、きっとそうだ。この方の娘さんはどっぷり金城、いわゆる純金なのだ。瀬戸線沿線なら、東区白壁にある中学校・高等学校に通うにも便利だし、大学もすぐそこ。まさに近所。これがホントの、キンジョ学院大学、なんつって。

失礼しました。

お金持ちにとっては、タクシーと電車の運賃の差なんて気にならないはずだ。今いるところから行きたいところまで、利便性はお金で買える、お金があるからお金で買う、当然のこと、そう考えると気が楽になった。ルームミラーをチラチラ、お客さんの顔を確認すると、なるほど上品でいらっしゃる、ように見える。セレブな雰囲気が漂っている、ような気がしないでもない。ヘアースタイルだってばっちりキマっている。いかにもお金持ちそう。金城学院中学校・高等学校のある東区白壁辺りに住む裕福なマダムを、シラカベーゼ、と呼ぶと聞いたことがある。ならば、金城学院大学のある守山区大森辺りのマダムはどうなる？　オオモリーゼ、か？

お、なかなか響きがいいな。

ならば、さっきの小幡はどうだろう。小幡辺りのマダムは。オバターゼ、か？　うーん、響きとしてはイマイチ。シラカベーゼのベーゼは、フランス語ならば接吻であり、オオモリーゼのリーゼは、たしか女性用の整髪料にそんな名前のものがあったように思う。響きから色気や女性らしさを感じるのは、きっとこういった理由からだろう。オバターゼのターゼから連想されるのは……、ジアスターゼか？　大根に多く含まれる消化酵素だ。健康にはよさそうだが、あまり色っぽくない。それにオバターのターで、口があんぐりしてしまうのがよろしくない。シラカベーのベー、オオモリーのリーは、共に口を横に開く感じで発音するので、自然と口角が持ち上げられ、写真を撮るときの「チーズ」と似た効果がある。オバターのターは、「バター」のターだ。映画「男はつらいよ」シリーズで見たことのある、「チーズっていうつもりが、間違えてバターっていっちゃった」というギャグと同じ状態だ。オバターゼ、却下。他には何があるか。オバタ、オバタ、奥さま、奥さま……、オバ、オバ、オバタリアン？

失礼しました。

「いいお天気ね」

「左様でございますね」

左様でございますね、なんていっちゃったよ。左様でございますね、という返し方は間違いではないはずだけれども、状況によってはいささか慇懃無礼な感じになってしまうというか、「何を気取っていやがるんだ」と相手に思われるのではないか、という心配があって、日頃はあまり使わない。「そうですね。気持ちがいいですね」ぐらいがちょうどよいところだ。しかし、このお客さんはオオモリーゼ。上品だし、セレブ感が漂っているし、ヘアースタイルだってばっちりキマっている。きっと毛先まですっきりまとまるなんちゃらとか、ふんわりボリュームがなんちゃらとかいった類の、整髪料を使っているのだろう。だから「左様でございますね」なんて言葉を使ってもよいのだ。今は。このお客さんには。多分。恐らく。

「今日は暖かいわね」

「はい、暖こうございますね」

暖こうございますね？　これ、正しい日本語か？　自信がない。万が一間違っていなかったとしても、丁寧すぎるような気がする。たとえ相手がオオモリーゼであったとしても、これは少しやりすぎかもしれない。

「うちの庭には、桜がありましてね、毎年春が来るのが楽しみなんですよ」

「桜でございますか。ご自宅でお花見ができるとは、贅沢なものですね」

「そうね。散った後のお掃除が大変だけれど」

庭に桜か。おれもそういう人生を歩みたかった。縁側から、またはリビングから、満開の桜を眺められるような、贅沢な人生。うらやましい。

「素敵ですね。ご自宅に桜があるのなら、どこかにお花見に行く必要もないですね」

「いいえ、お花見には行きたくなりますよ。一本だけじゃさみしいですし、お花見って、半分は人を見に行くようなものでしょ？」

なるほど。確かにそうかもしれない。満開の花の下に人が集まり、にぎやかに浮かれている様子こそが、いかにも春という感じがして、楽しいのかもしれない。

「それでも、お庭に桜があるというのは、きっといいものなのでしょうね」

「いいものですよ。たった一本だけでも桜の木は、いろんなことを思い出させてくれますから」

もうすぐ桜の季節。この守山区にも、小幡緑地や城土公園、東谷山フルーツパークなど、桜の名所がいくつかある。休みの日にぶらぶら歩いてみるのもいいかもしれない。東谷山フルーツパークか小幡緑地辺りで桜を見て、帰りは竜泉寺の湯でひとっ風呂、というのはどうか。きっといい休日になるだろう。早く桜、咲かないかな。

「あ、そこで結構です」

「ご乗車、ありがとうございました」

車を降りて歩いてゆくオオモリーゼの姿。それにしても、すごい髪形だな。丸髷とは違うのだが、玉ねぎ風というのか、オオモリーゼの部屋、という架空の部屋にゲストを招いて、平日のお昼にトークをしていそうというのか。長いのであろう黒髪を頭頂部付近にまとめて盛ってある。見事な出来栄え。きっと整髪料もたくさん使ってあるのだろう。リーゼあたりを、惜しみなく。大量に。これがホントの、大盛リーゼ、なんつって。

失礼しました。

桶狭間の戦い

国道1号は、南区の星崎一丁目の交差点で絞られ、緑区を経由し、隣の豊明市を抜けるまでずっと、片側一車線の状態が続く。交通量も結構あるのに、なぜなのだろう。鳴海と有松を通っているからだろうか。これがホントの「有松・鳴海絞」なんてことをいいたいわけではない。この辺りは国道1号のすぐ近くまで丘陵が迫っており、その反対側には名鉄の線路が走っているので、もし道路を広げれば町並みごと無くなってしまいそうな場所も何カ所か見受けられる。そんな地形がきっと、道路の拡張を難しくしているのだろう、といいたいのだ。

「桶狭間の古戦場へ行きたいのですが」

「古戦場ですか。この辺り一帯が古戦場といえば古戦場なのですが、どちらへお着けしましょう?」

「そうですねえ、戦いの様子がよくわかる場所ってありませんか?」

「では、桶狭間古戦場公園なんていかがでしょう?」

「ああ、よさそうですね。じゃあそこへお願いします」

父子二人連れ。有松の旧東海道沿いで乗せた。息子さんのほうは小学校の高学年ぐらいだろうか。そろそろ歴史に興味を持ち始めたり、社会科の授業で習い始めるころだろう。乗せた有松の辺りは旧東海道沿いに古い建物が残っているし、伝統工芸有松・鳴海絞について学ぶことのできる有松・鳴海絞会館がある。これも社会科のよい勉強になるはずだ。理想的な父子の休日だな。

「こちらでは、有松・鳴海絞会館をご覧になられたんですか？」

後部座席に声を掛けてみた。国道1号を渡りたいのだが、右左折をする車が詰まっていて、少し混んでいる。道が混んでいる時はお客さんもイライラしがちだが、軽い会話をしていれば、感覚的には時間が早く経過するはずだ。

「ええ、有松・鳴海絞の体験をしましてね。僕はハンカチを、この子はTシャツを絞りましたよ」

答えてくれたのはお父さん。息子さんはというと、ドアの内側に身体を寄せて、ぼんやりと外を眺めている。こんなおっさん同士の話には、あまり興味がないのだろうか。それに比べて、お父さんはとても楽しそうだ。

「では、届くのが楽しみですね」

「はい。体験も楽しかったですけど、町並みも素敵ですね。僕は古い建物が好きなんです。瓦葺に塗籠造り、虫籠窓、なまこ壁、いやぁ、たまりませんねえ」

「ゆっくりと散策などをなされて？」

「もちろんです。何往復したかな。おかげで息子がすねちゃって。今日はこの子の希望で、桶狭間の古戦場を見学に来たんですよ。ところが僕が、有松でいつまでもうろうろしているものだから、もう歩きたくない、なんて」

お父さん、早く行こうよ、いや、もうちょっとだけ、などとやり合っている様子が目に浮かぶ。素敵な父子関係、微笑ましい光景、などというのはあくまでおっさん側の感覚で、息子さんは、いつまでも有松を離れようとせず、目的地である桶狭間古戦場へなかなか連れて行ってくれようとしない父親に、苛立ちを感じているのだろう。こういう感情のすれ違いはよくあるものだ。父子の間だけでなく、男女の間でも。友達の間でも。

「君は、信長のファンなの?」

そう問うと、息子さんはルームミラーの中をちらりと覗き、「はい」と小さな声で言った。

「ああ、そうなんだ。じゃあ桶狭間は楽しみだね。今から行くところは、田楽坪っていうところだからね。知ってる? 田楽坪」

「それはどういう場所なんですか?」

「今川義元の終焉の地、と古くからいわれているらしいね。そこにある泉は、今川義元公の首を洗った泉だといわれているんだ」

「わっ、グロい」

国道1号を渡れば、田楽坪まではさほど遠くない。今日はお父さんの散策に付き合わされ、息子さんが疲れているので、タクシーを利用されたのだろうけれど、バスも通っているし、歩いて行けないこともない。ウォーキングがてら、という感じならば、ちょうどいいぐらいだ。健脚の方なら、鳴海駅から有松を経由して、古戦場を巡りつつ、古い町並みを楽しみ、最後は中京競馬場前駅へ抜ける、というコースを取っても楽しいだろう。

「さあ、着きましたよ」

息子さんを見ると、まさに「えっ?」という顔をしていた。よく整備されているが、規模はそんなに大きくなく、住宅地にある一般的な公園のように見えるのだろう。たしかに、バドミントンでもやりたくなるような雰囲気ではある。

「ここが、古戦場ですか?」

お父さんも「おやおや?」といった様子。二人とも、がっかり名所に来てしまった人のよう、とでもいおうか、軽微ながっかり感を身体中から醸し出している。

「ご案内しましょう」

車を降りて、父子と一緒に公園に入った。入り口には大きく「桶狭間古戦場公園」と書かれているが、北半分は広場になっており、そちら側は見るからに、どこにでもある公園、である。それは認めましょう。北側半分は一般的な公園です。申し訳ありません。しかし、南側をご覧ください。この公園の特徴は、南側半分に詰まっているのです。

まずは園内中央にある、銅像の前に案内した。

「織田信長公と今川義元公です。あ、お写真でも撮りましょうか。はい、笑って下さい。チーズ」

お父さんからスマホを受け取ってシャッターを押したが、どうも二人の表情に元気がない。ただの銅像ですものね、わかりますよ、その気持ち。銅像を観に来たんじゃないぞ、と。戦いの様子を知りたいんだぞ、と。ご安心ください。ここはまだ、ほんの入り口なのです。

「次は、こちらの案内板をご覧ください」

桶狭間の戦いの様子が詳しく書かれた案内板の前に立つと、俄然息子さんの目が輝き始めた。解説文の横の、両軍の進路や陣の位置が記された地図を見ながら、説明をする。

「この、おけはざま山って書いてあるところ、今川義元って書いてある、この赤い印のついたところ。これは大体あの辺りになるのかな。すると織田信長は、こっちからこうやって来た、ということだね。今通って来た道がこれ。なんとなく雰囲気はわかるかな。この辺りの地形の感じとか……」

うん、うん、うん、うん、と何度も頷いている。きっと本などで仕入れた知識が、今頭の中で立体的に広がっているのだろう。そうなのだ、ここは一見どこにでもある公園だけれども、歴史好きにとってはたまらない場所なのである。

「今川義元は、本当にここで討ち取られたんでしょうか？」

いい質問だな。

「信長のことが書かれた、『信長公記』という資料には、おけはざま山に陣を取ったと書かれているんだけど、実は地形も昔とは少し変わっているらしいし、進軍のルートについても資料が少ないらしくて、そのおけはざま山という場所がどうもはっきりしないみたいなんだ。ほら、この辺はぽこぽこと低い山が沢山あるだろう？　だからどの山がおけはざま山なのか、わからなくなっちゃったんじゃないかな？　一応は今説明した辺りがおけはざま山だということにはなっているんだけど」

そう説明すると息子さんは、「ははは」と声を上げて笑った。

「山の名前がわからなくなっちゃうなんて、昔の人は面白いなあ」

「面白いだろう？　だからこの緑区の隣にある豊明市にも、桶狭間古戦場伝説地という場所があってね、そちらが今川義元公最期の地、という説もあるんだ。まあ、どちらの説が正しいのかははっきりとわからないけれど、そこがまた、歴史の面白いところなんじゃないかな」

「そうですね。全部わかってたら、もう研究する必要もないですから」

楽しそうに話す息子さんを見て、お父さんが目を細める。賢そうな、いいお子さんですね。

「とりあえず、ここに書いてあることをざっとでいいから頭に入れておいて。じゃあ次はこっち」

この公園の南半分は庭園のようになっており、庭園部分の北東から湧き出す泉が小川となって、南西方向にある池へと続いている。その周りには遊歩道が整備されていて、散策を楽しめるようになっているのだが、実はここを歩くだけで、桶狭間の戦いのことがよく理解できるように考えられているのだ。

「この庭園を見て、何か感じない？」

「小川もあるし、石が積まれていたり、芝生が植えられていたりして、とてもきれいですけど……」

ピンと来ない息子さんの横で、お父さんが、わかった、というような顔をしている。

「お父さん、おわかりになりましたか?」

「もしかしてあれが、先ほどおっしゃっていた、今川義元の首を洗った泉ですか?」

「正解です。あれが今川義元公、首洗いの泉です。ただしあの泉は、区画整理をしたときに一度枯れてしまったようですね。今は水が出ていますが、きっと科学の力で上手くやっているんでしょう。どうやっているかは、知りませんけれど」

息子さんが神妙な顔をしている。よく考えれば「首洗いの泉」なんて、恐ろしい名前のついた泉のすぐそばにいるのだ。車の中でも「グロい」と言っていたし、少年のピュアな想像力を膨らませて、怖くなってしまったのかもしれない。いささか刺激が強すぎたか。

「あそこで今川義元の首を洗ったのか。生首を洗うって、どんな感じだろう。やっぱり、血が沢山出ていたんだろうなあ。血が沢山出ていなきゃ、わざわざ泉で洗う必要もないもんな。なあ、おまえはどう思う?」

お父さん、ここでは追い打ちをかけるようなことをいわない方が、よろしいのではないでしょうか。

「グロいね。でも、死んだのは今川義元だけじゃないよ。両軍とも、たくさんの死者が出ている」

「そうだね。たしか今川軍が二千五百人、織田軍が八百三十人ぐらいだったかな。ああそうだ、さっき話した、桶狭間古戦場伝説地のある隣の豊明市には、前後というところがあるんだけどね、桶狭間の戦いで相手の首を取った武士が、天秤棒の前後に首をぶら下げて歩いたことが、地名の由来だといわれているんだよ。天秤棒ってわかるかな？　こう肩に担いで、その前と後ろに生首を……」

しまった、おれまで追い打ちをかけるようなことを言ってしまった。せっかく歴史に興味を持った少年が、今日を境に歴史嫌いになってしまったら、おれはどう責任を取ればよいのだろう。少年の持つ可能性は無限に近い。もしかしたらこの少年が将来、日本を代表するような歴史学者になることだって、無いとはいえないのだ。その萌芽を、おれが今、摘み取ってしまったのだとしたら。

「ああ、今のはただの説だから。多分正しくないよ。ほら、この辺りの地形、豊明市の前後はもっと東側だけれど、この続きというか、山があって、その狭間というか、前後も桶狭間とよく似た感じなんだ。そういう狭いところのことを、昔は狭処といっていたらしくてね、セコ、セコ、ゼコ、ゼコ、前後、となったという説もあって、どうもこっちの方が有力らしいんだな」

「はあ」

あわててそう繕ったが、息子さんの顔は晴れない。ああ、やってしまった。いや、でも、おれも悪いけれども、そもそもの発端はお父さんじゃないのか、と顔を見ると、お父さんは声こそ発していないが、可笑しくてたまらない、といった風に笑っていた。息子さんがその顔を見たらきっと怒るぞ、そう思った瞬間、お父さんが息子さんの背中をバンと叩いて、「おまえ、ビビってるんじゃないのか？」といい、今度は大きな声を上げて、遠慮なく笑った。

「別にビビってないし、バカじゃねえの」

「親に向かってバカとはなんだ。おまえ最近、言葉遣いが乱暴だぞ」

「バカって言っちゃいかんの？　じゃあ、キモい」

おっとっと、このままでは親子げんかが始まってしまう。明らかに息子さんをからかったお父さんが悪いのだけれども、お客さんに向かって「あなたが悪いですよ。謝ったらいかがです？」とは言いにくい。ここはひとつ、話をそらすというか、別の話題を振ったほうがいいだろう。

「あそこが首洗いの泉であることはおわかり頂けたと思いますが、もうひとつここには秘密があります。よく見てください？　あの、あの、ちょっと、とりあえずあそこの案内板に……」

睨み合う父子。一触即発、といった雰囲気。ここは桶狭間、圧倒的に戦力の劣っていそうな、小さな者にもチャンスはあるはず。頑張れ、息子君。なんていっている場合じゃないか。

やはり、平和が一番ですよ。ね？　ね？　ね？

名東ジャングル

地上を走る地下鉄というのはさほど珍しくないのかもしれないが、地下鉄から他の路線に乗り換えるのに、高架の上にある地下鉄の駅から階段を下りて地上の改札を抜け、地下鉄ではない別路線の駅の入り口から階段を下り、地下の改札を通って乗り換えをするというのは、少し珍しいのではないだろうか。地下鉄のホームは二階、リニモのホームは地下、名東区藤が丘では、こんなねじれ現象が起こってしまっているのである。

不思議な状況ではあるが、事情を考えればなんということはない。地下鉄藤が丘駅が開業した1969年当時、まだ名東区辺りは開発途上であったので、地下を掘るよりも高架を通した方が、建設費を安く抑えられたのだろう。地下にあるリニモの藤が丘駅が開業したのは2005年、愛知万博が開催された年だ。藤が丘駅周辺はすでに現在のような発展を遂げた後だったので、地下を通すしかなかったのだろう。

このリニモ、藤が丘を出発した後はしばらく地下を走るが、隣のはなみずき通駅に着くまでには地上に出てくる。その先はずっと高架上だ。この辺りを通るたび、「ああ、惜しい」と感じる。あと、たった一駅なのだ。この一駅の間高架上を走らせることができれば、藤が丘駅におけるねじれ現象が解消されるばかりか、地下鉄東山線のホームとリニモのホームを高架上で隣接させられる可能性もあり、乗り換えももっと便利であったかもしれないのに、と思うのだ。もちろん、出来なかった事情は先にも述べた通り想像できるけれども、やはり惜しいな、と感じてしまう。

無線で呼ばれ、藤が丘駅近くにあるマンションにお客さんを迎えに行った。車を着けたときにはすでに、お客さんがマンションの下でゴルフバッグを背負って立っていた。

「お待たせいたしまして、申し訳ありませんでした。バッグはトランクにお入れしましょう」

ゴルフバッグを受け取って、トランクにしまう。休日、ゴルフに行かれるお客さん。遠距離客だな、なんて夢は見ない。無線で行き先は既に聞いてしまっている。

「行き先は愛知カンツリー倶楽部でございますね」

「はい。よろしくお願いします」

愛知カンツリー倶楽部は、藤が丘と同じ名東区内にある。休日の朝、渋滞などはないはずなので、藤が丘駅周辺からなら、十五分から二十分、といったところだろう。元々は尾張徳川家のお狩場であった場所に造られたらしいこのゴルフ場、こんなに便利な場所にありながら、面積21・5万坪、全18ホール、パー74の、本格的なコースを有している。ゴルフをやらないおれにはよくわからないけれど、名東区や隣の天白区、千種区などに住むゴルファーには、近所のゴルフ場といった感じなのだろうか。とにかくアクセスは抜群である。

「ゴルフを始められて、もう長いんですか？」

「いえ、名古屋に引っ越して来てからです。名古屋はゴルフをする環境に恵まれているからと、上司に勧められましてね。今ではすっかりハマってしまいました」

たしかに名古屋周辺にはゴルフ場が多い。中日クラウンズの開催される名古屋ゴルフ倶楽部和合コース、東海クラシックの三好カントリー倶楽部などが有名だが、藤が丘から車で一時間以内で行ける場所に一体いくつあるだろうか。数えたことはないが、沢山あることは間違いない。

「そうですか。私はゴルフをやらないので、よくわかりませんが、そんなにいいですかね？」

「いいですよ。河川敷のコースから、名門コースまで色々そろっていますし、今日だって妻が車を使うというので、タクシーを利用させてもらいましたけれど、これもゴルフ場が近くにあるからできることですよね」

それほど頻繁ではないが、ゴルフ場へお客さんをお送りすることはある。ゴルフ場はどこも駐車場が完備されているのが普通だけれども、プレー後にビールを一杯、という場合などは帰りの運転はできないし、ゴルフは道具も多いので、疲れた身体に荷物を背負い、電車やバスを乗り継いで帰るのが億劫、という場合にもタクシーは便利だ。タクシーの料金が高いと感じるか否かは、個人の収入と感覚によるのだろうけれど、目的地が近ければ近いほど当然運賃は安く済む。たとえば藤が丘駅周辺から、愛知カンツリー倶楽部のある名東区猪高町高針までならば、片道二千円からせいぜい二千五百円といったところ。さらに南に下り、名古屋ゴルフ倶楽部和合コースまで行ったとしても、その倍はかからないだろう。地下鉄やバスを利用した場合に比べれば割高だが、わりと利用していただきやすい金額ではある。

「なるほど。しかし、あまりゴルフにばかり行っていると、奥様に叱られませんか？」

「それが悩みの種ですよ。環境が良すぎるのも問題ですね」

苦笑いをするお客さん。それでも、さほど反省しているようには見えない。「ゴルフ離婚」なんてことにならないといいが。

「名古屋の人間としては残念なことですが、もしかしたら奥様は、名古屋に来られたことを後悔なさっているのでしょうか？」

「いえ、そんなことはありませんよ。妻はずっとペーパードライバーだったのですが、名古屋に来てから車の運転に目覚めましてね。今日も子どもたちと知多の方にドライブに行くようなんです」

「そうですか。ご一緒でなくてよろしいんですか？」

「ええ、それなんですがね、私は日ごろ地下鉄で通勤しているし、妻は買い物や子どもの習い事の送り迎えなどで車をよく使っているので、わが家の車は実質的に、妻の車になってしまっているんです。最近買い替えたんですが、車種を決めるにも妻の希望が優先されましたし、よほど気に入っているのか、私に貸してくれないばかりか、あまり乗せてもくれないんですよ。正直にいうと今日だって、本当は留守番をするはめになるはずだったんですけど、幸い上司に誘ってもらえたので、こうやって出掛けてきた、というわけで」

「それはそれは」

「それはそれは」とは便利な言葉である。困ったときにはとりあえず、「それはそれは」だ。うっかり「それはよかったですね」といってしまえば、一見平気そうでも、実は家族に仲間外れにされているような気持ちでいた場合、嫌な気分にさせてしまうだろうし、「酷い奥さまですね」といってしまえば、大切なご家族の悪口になる。なんでも思ったことを口にすればいいというものではないのだ。日本語には曖昧な表現が多いとよくいわれるが、お客さんを相手にする商売の場合、その曖昧さがとてもありがたい。

本郷の交差点をしばらく南下、社が丘、極楽、梅森坂を経由し、牧野ヶ池緑地の交差点を右折する。右手には牧野ヶ池緑地の広場が広がり、左手はずっと愛知カンツリー倶楽部のコースになっている。すぐに上り坂。住宅街の中を通る県道を入っていくらも走っていないのに、ふとリゾート地に来たような気分になる。そんな気分もつかの間、あっという間に愛知カンツリー倶楽部の入り口に着いた。

「ありがとうございました。お気をつけて」

クラブハウスの玄関でお客さんを降ろし、来た道を戻る。いい天気。サボりたいなあ、という気持ちが頭をもたげてくる。広場の脇を通過する。散歩を楽しむ人たちの姿が見える。広場の先には、駐車場の入り口だ。

ええい、とハンドルを切った。

あのお客さんはゴルフへ行った。ゴルフはきっと、健康にいいだろう。おれは仕事。明日は非番だけど、どうせまたいつものように、一日寝ているだけだ。ゴルフがなぜ健康にいいか、というと、自然の中を歩き回るからだろう。ボールを打つ、打たない、という違いはあるが、自然の中を歩き回るだけでも、健康にいいはずだ。おれも中年。慢性的な運動不足。歩くべきだろう。タクシードライバーの休憩は、個人の裁量に任されている。後でしっかり稼げばいい。

車を降りて広場を散策する。芝生が広がっており、所々に木々も植わっている。しばらく歩き回っているうちに、広場の北側、牧野ヶ池緑地という名前の由来となったのであろう牧野池の脇から、道が続いているのに気づいた。

あの道はどこにつながっているのだろう。牧野池の周りを歩けるようになっているのだろうか。道の両側には樹が茂っており、森の入り口、といった雰囲気もある。勤務中に森林浴か。いいな。森の香りを吸い込み、水辺の風にあたり、気分をリフレッシュして、安全運転。よし、行こう。

森の入り口を入ると、すぐに森。当たり前なのだけれど、森。本当にそうなのだ。ジャングルっぽい、といってもいい。駐車場からここまでは、徒歩五分といったところ。こんなにお手軽に、ジャングルっぽさを楽しめるとは。

木々の隙間から牧野池の水面がチラチラ見える。いいねえ、冒険ぽいねえ、などとにやにやしながら歩いていると、やがて一気に景色が開け、牧野池の水辺に出た。一瞬、「あれ？」と思った。

ジャングルを探検しているような気になっていたのだが、やはりここは日本なのである。岸からほんの少し離れたところに大きな岩があり、松の木が一本生えている。岸からその岩までの間には、人がやっと一人通れるぐらいの、細く小さな橋が掛っている。ここはなにか、日本三景の松島あたりの風景を、ちょっと切り取って借りて来たような感じがする。池の向こう側には二階建の住宅が建っており、それが一層、借りて来たな、という感じを強めているような気がする。だが、風景としては決して悪くない。

橋を渡って岩に乗り、池を眺めるのもよいが、ここはあえて通過。さらに水辺へと続いている道を進む。

その先はまた、ジャングル気分。池の北側に立つ住宅も、東側を走る県道も目に入らない。正面には、うっそうとした森が見えるだけだ。水辺ギリギリに道が通っており、しゃがめば水に手をつけられるほど。この辺りは護岸工事などもされておらず、自然のまま、という印象だ。風が起こすさざ波によってだろうか、ぎざぎざに土が削られている。草も生えている。

さらに進むと、砂防のための堰堤なのだろうか、コンクリートの小さな堰があった。その上が道の続きになっているのだろう。ここを通らねばその先には行けない。通過しようとして、ふと水辺を見ると、二羽のカモが遊んでいた。

堰堤の上であぐらをかき、カモの様子を眺めながら大きく息を吸い込むと、森の匂いがした。これはきっと、健康にいいな。藤が丘駅から十五分ほど。本郷駅からならもっと近い。バス停だってすぐそこにある。池の向こうは県道だ、商売にもすぐに戻れる。なんなんだよ、この、豊かな自然。お手軽なジャングル。

便利な、ジャングル。

平針

平針。おそらく天白区で最も有名な地名ではないだろうか。ピンと来ないという方は、愛知県民ではないか、愛知県民であっても、東三河の生まれか、運転免許を持っていないか、のいずれかに当てはまるはずだ。

平針、と名古屋の人が口にするとき、それはほとんどの場合において、愛知県運転免許試験場のことを指していると考えるのが正しい。「免停になってまったもんでよ、平針行かなかん」、「日曜日に平針行くのはやめときゃあ。どえらい混んどるで」、「平針、受かったあ〜」、といったように使われる。免停になった際の講習、運転免許の更新、運転免許の試験など、運転免許を持っている名古屋人なら、必ず一度は訪れたことのある場所だろう。

平針には地下鉄の駅があるし、住宅地でもあるので、お客さんを乗せてくることも度々あるが、目的地が運転免許試験場以外のところであった場合は、平針でありながら平針でないような気がするのは、おれだけだろうか。平針駅は平針の最寄り駅、名古屋記念病院は平針の近くにある病院、名古屋市農業センターは平針のちょっと北、といったように、どうしても平針をピンポイントで捉えてしまうのである。

平針は、運転免許の街。

というわけで、運転免許の更新にやってきた。この平針、日曜日は非常に混み合うが、平日なら割とスムーズに手続きが済む。優良運転者であれば講習も三十分、本当にあっという間だ。またここに来るのは、五年後か。

なんとなく名残惜しいような気がして、コースの見える場所に出てみようと思った。おれもかつてここで、普通自動車二種免許の実技試験を受けた。

タクシードライバーとしては、養成乗務員からスタートした。会社の費用で免許を取得できる、という制度である。平成十四年六月の道路交通法改定により、現在では認定を受けた自動車学校を卒業後、運転免許試験場で筆記試験だけを受ける、という方法で取得することも出来るようだが、おれが取得した頃は、必ずここ平針で、筆記試験と実技試験の両方を受けなければならなかった。

普通自動車免許を取得して三年以上経過した者、これが普通自動車二種免許に挑戦するための資格だ。だからペーパードライバーでもない限り、誰でも一応の運転はできるはずだと思い込んでいる。しかし、安全運転となるとどうだろうか。ほとんどの人は、ツボを得た安全運転をできていない。名古屋走りなど、もってのほか。それほど顕著ではなくとも、誰にでも悪い癖、というのはある。

たとえばよく街で見かけるのが、左折をする際、直前で車を一度右に振って曲がるドライバーだ。あれの何が危ないかというと、左折のウインカーが出ている場合、その車の後ろについている車やオートバイなどは右から追い抜こうとするもの。そこで右に車を振るのだ。車ならミラーをこするぐらいで済むかもしれないが、オートバイならば軽く接触しただけで転倒をする可能性がある。また、片側二車線以上ある場合は、さらに危険は増す。隣の車線を直進しようとする車はそれなりにスピードが出ている。車線をはみ出さなかったとしても、追い越そうとしたオートバイが車体を右に振った車に驚き、とっさに避けようとして右側に流れ、車線をはみ出し、直進しようとする車と接触してしまうかもしれない。もちろん、安全な間隔を保たずに追い抜こうとしたオートバイが悪い、ともいえるが、相手がルールやマナーに反した場合でも事故が起こりにくいよう注意する、というのが安全運転である。

普通自動車二種免許の試験というのは、こういったことの積み重ねであり、そこかしこに減点のポイントが隠れている。一見重箱の隅をつつくような感じだが、事故の原因というのは、本当に些細なものであることが多い。運が良ければ事故を起こさずにいられるのかもしれないが、お客さんを運ぶ商売、運任せにはできないのである。また、いうまでもないが、車は凶器。ピストルなどよりよほど破壊力がある。お客さんを乗せていなくとも、油断はできない。

といささか殊勝なことを考えてみたが、プロのタクシードライバーの中にも、ろくな運転をしていない者もいる。自分は果たしてどうだろうか。今回は優良運転者としてゴールド免許を守れたが、次回はどうだろうか。

プロのドライバーはどうしても運転時間が長くなるので、緊張感を保つのが難しい。運転している自分が、いつもの自分、普段の自分、という感じになってしまうのである。自動的に手足が動いている感じ、といった方がわかりやすいだろうか。右折をするにしろ、左折をするにしろ、止まるにしろ、発進させるにしろ、特に頭で考えなくともそれらに付随する一連の動作が自然とできてしまう。事故は起こらなかった。違反もしなかった。スムーズに動作を終了できた。結果としてはＯＫだ。そうできるのも、熟練された技術のおかげといえるかもしれない。しかし実はこれが、恐ろしいのである。

コースと建物の間にある通路に沿って並べられている、ベンチに座ってコースを眺める。今はどれぐらいの養成運転手がここで試験を受けるのだろう。認定を受けた自動車学校で取るケースが増えたのだろうか、それとも、タクシードライバーになろうとする者が減ったのだろうか、おれが免許を取ったころと比べると、随分静かなものだ。

当時は養成乗務員として入社すると、まずはグループの本部にある研修室で、学科の講習を受けさせられた。それが済んだら、次はここ平針で筆記試験。不合格の場合は再度講習を受け、もう一度試験に挑戦する。合格したら今度は運転免許試験場に隣接してある、平針自動車練習場で、たしか二時間か三時間だったと記憶するが、実技教習を受け、その後このコースで実技試験に臨む。これがなかなか苦労した。

筆記試験に受かった時点で、実技試験の予約を入れるのだが、あの頃はとにかく混んでいたので、おれの場合は一週間後にしか予約が取れなかった。その一週間の間に実技教習が二時間か三時間、他の時間は何をしていたかというと、地理の教習がてら社用車で市内を走り回ったり、この平針に来て、教習や試験の行われていない昼休みに、コース上を歩いたりした。季節は夏真っ盛り。カンカン照りの中、踏切の前で一旦停止したり、坂道発進のところでブレーキとアクセルの操作をイメージしたりしているると、おれは一体何をやっているのだろう、という気持ちになった。こんなことをして、効果があるのだろうか。しかし、会社の命令だ。やらざるを得ない。そんなことを思いつつも、やっているうちに段々とその気になってくるもので、気が付くと口の中で「ブーン」などと、エンジン音の真似をしていたりするのが不思議だった。手が自然とハンドルを握る形になっていることもあった。イメージトレーニングといえば格好がいいが、いいおっさんが子どものように、自動車ごっこをしているようでもあり、事情を知らない人が見たら、何と思っただろう。

一度目の実技試験は落ちた。最後の鋭角ターンのところで、車輪が縁石をかすってしまったのだ。試験官が「ああ」という声を漏らしたのをはっきり覚えている。実技教習では一度も失敗したことがなかったので、油断をしていた、ということもあるかもしれない。

二回目の試験までは、また一週間待たねばならなかった。試験場が混んでいるということは、教習を希望する人間も多いということ。会社の方針で、初めて受験するものが優先されたこともあって、その間に実技の教習は一時間しか受けられなかった。つまり残りの時間は、地理の勉強がてら社用車を走らせたり、コース上で「ブーン」とエンジン音の真似をしたり、である。養成期間中は日当が出たが、試験に落ちたことは辛かった。

二回目の試験に臨んだ時は、何としても合格しようと思っていた。もうあんな一週間を過ごすのはごめんだと思ったからである。丁寧に運転し、無事合格した時は、膝から崩れ落ちるほどうれしかった。

感慨に浸りつつ、しばらくコースを眺めて、車に戻った。今日は自家用車だが、せっかくの機会、初心忘るべからずだ、と慎重に車を出す。今日からまた五年間、無事故無違反で行きたい。安全運転を心がけるのはもちろんのこと、無茶をいうお客さんには「すみません、もう点数がないので勘弁して下さい」などといいつつ、守り続けて来たゴールド免許。これがおれの誇りだ。

運転免許試験場を出て右へ、平針駅方面へ続く坂を下っていく。あの頃は、ここを毎日通っていた。研修はグループ会社合同で行われるので、同期とでもいおうか、一緒にここに通っていた仲間も何人かいたが、皆もう辞めてしまった。よその会社に移った者もいるけれど、もうタクシーに乗っていない者がほとんどだ。彼らは今、何をしているのだろうか。皆ちゃんと飯を食えているだろうか。少し心配になる。

おれのように、長くタクシーに乗っていられる者は幸運だ。事故を起こさないことや、健康であるのはもちろんのこと、歩合制の給与形態であるため、売上が伴わなければ収入は安定しない。自分でいうのもおこがましいが、タクシードライバーという仕事には、様々なスキルが要求される。必要なスキルを身につけ、優秀なドライバーにならなければ、この世界で生き残るのは難しい。

雨が降ろうが、風が吹こうが、台風が来ようが、大雪になろうが、事故を起こさず、丈夫な身体を持ち、稼ぐためだと、割りこみやスピード違反などをせず、酔っ払いに絡まれても、わがままな客に振り回されても、決して怒らず、それらを上手くいなして、いつも静かに笑っている。

一日に喫茶店のモーニングと、ナポリタンと、味噌カツと台湾ラーメンを食べ、あらゆることを自分を勘定に入れずに、お客さんの様子をよく見、話をよく聞き、理解し、そして忘れず、営業所の二階の仮眠室に居て、東に病気の子あれば迎えに行って病院へ送り、西に疲れた母あれば、「荷物、お持ちしましょう」と玄関まで運び、南に死にそうな人あれば、「お医者さんがきっと治してくれますよ」といってやり、北に喧嘩や訴訟があれば、警察や弁護士に任せ、ヒデリノトキハナミダヲナガシ、サムサノナツハオロオロアルキ、ミンナニデクノボートヨバレ、ホメラレモセズ、クニモサレズ。

サウイフタクシードライバーニ、ワタシハナリタイ……。

どうする？　どうする？

名古屋市内のホテルに向かって車を走らせる。今日は朝十時から午後六時まで、貸し切りの予約が入っている。どうやら三河方面への観光客らしい。

タクシーを貸し切って観光とは贅沢な、と思われるかもしれないが、タクシー料金には距離と時間によってメーターの上がる、おなじみの料金形態の他に、事前の特約による時間制運賃という形がある。これは乗車前、多くは予約をしていただく段階で、三十分あたりいくら、というのを取り決めておく方法だ。名古屋の法人タクシーの場合は、中型車で三十分あたり二千九百八十円というのが一般的。あとはそこにお迎え料金や高速道路料金などの、実費が加算される。つまり八時間利用していただけば、四万七千六百八十円＋実費。四人でご利用いただいた場合、ワリカンすれば一人一万二千円弱。実費も四分の一で済む。これを高いと見るか、安いと見るか。

ホテルのフロントでご予約いただいた方の名前を告げ、部屋へ連絡してもらう。しばらくして現れたのは、若い女性の四人組だった。四人組とは聞いていたが、若い女性とは。

予約をいただいた際に、歴史に詳しい運転手さんを、とのリクエストがあったとのことで、わりと歴史好きなおれにこの仕事が回ってきたのだが、なんとなく中高年の男性のグループをイメージしていた。確かに最近では「レキジョ」という言葉もあるぐらいだから、おれの認識が古いのだろう。

「今日は弊社のご提案するコースではなく、お客様のご希望に合わせて、と配車係の者からいわれておりますが、お決めになられている行き先、プランなどはございますか？」

「とりあえず、岡崎城と松平郷ですかね。あとは時間内で、運転手さんのおすすめスポットとかあれば」

「徳川家ゆかりの、ということでよろしいですか？」

「はい。三河武士について知りたいです。あとは、へーハチかな」

「へーハチ？　ああ、本多平八郎忠勝ですね。かしこまりました。あと、最終的な目的地は岐阜県恵那市の岩村と聞いておりますが、お間違いないでしょうか？」

「はい。今夜は岩村城の近くに泊って、明日お城を見学するんです」

「女城主お直の方の、岩村城ですか。それはそれは。では、岡崎から北上するルートでよろしいですね」

今日は歴史好きな中高年男性と楽しく歴史談義などをしつつ、一日過ごせるな、と思っていたが、少しあてが外れたというか、なんだか自信がない。若い女性と若くはない男性。同じ歴史好きでも、ツボといおうか、求めるものが違うのではないか。決して安くはない運賃をいただいているのだ。できることなら、それに見合う満足感を提供したい。

「皆さんは、大学生ですか？」

とりあえずとっかかりとして。やはり会話から探っていかないと。

「社会人二年目です。わたしたち、大学時代のサークル仲間なんですよ」

「そうですか。やはり歴史関係のサークルですか？」

「いいえ。ゲーム関係です」

ゲーム関係か。戦国時代を舞台としたゲームから、歴史に興味を持った、ということだろうか。それなら、いきなり本多忠勝の名が出るのもわかる。いかにもゲームの中で、活躍しそうな武将だ。もしおれがそのゲームで遊ぶとしても、きっと忠勝を選ぶだろう。

「岡崎まで、高速道路を使いましょうか？」

「それって別料金ですよね？」

「そうなりますが」

「どうする？　どうする？」

高速に乗る乗らないで、かなり濃密な話し合い。これは決まらんな。

「あの、名古屋高速を通らずに、名古屋インターから東名に乗ってはいかがでしょう？　通常料金で千百円ですけど、当社の場合ＥＴＣを使いますので、今日は休日割引で七百十円です。岡崎城は岡崎インターから近いので、料金の割には到着時間がかなり短縮できるかと思います」

「いい？　いい？　じゃあ、それでお願いします」

模範的な、民主主義だな。

名古屋インターから高速に乗り、岡崎へ。インターから岡崎市街方面へ国道一号をしばらく行くと、やがて左手に岡崎城が見えてくる。

「そちらの駐車場に入れてよろしいですか？」

「別料金ですよね？」

「そうです」

「どうする？　どうする？」

どうするもなにも、岡崎城のあたりなら駐車料金は三十分百円ぐらいが相場だ。一時間で二百円、二時間で四百円。会議するほどのことはないと思うが……。もしかしたらこの人たち、銀行とか会社の経理部門に勤めていて、日頃からお金については、一円単位できっちりと計算する習慣がついているのかもしれない。

「ご案内の必要がなければ、どこかで時間をつぶしていますけど。携帯電話の番号をお伝えするので、見学が終わったら連絡をください。いかがでしょう？」

「いい？　いい？　じゃあそれで」

「その門を入られると、三河武士のやかた家康館というのがあります。窓口で岡崎城との共通券も売っていますので、ぜひ併せてごらんください。家康公だけでなく、三河武士について、ああ、もちろんへーハチについても、詳しく展示してありますよ」

大手門の前の交差点を右折したところでお客さんを降ろした。すぐ目の前には、岡崎市図書館交流プラザ「Ｌｉｂｒａ」がある。この施設の中には、岡崎市立中央図書館や内田修ジャズコレクションなどが入っており、利用者は二時間まで駐車料金が無料だ。ここで時間をつぶすことにする。

内田修ジャズコレクションの奥の試聴コーナーで、ヘッドフォンを耳にジャズを聴く。ここでは岡崎出身の医師で、多くのジャズミュージシャンを支援したことから「ドクタージャズ」と呼ばれている内田修ジャズコレクションや、内田氏が設立し会長を務めた、ヤマハ・ジャズ・クラブの演奏、内田氏の自宅で行われたセッションの模様などを録音したプライベートテープを聴くことが出来る。それも無料でだ。

ゆっくりと音楽を楽しんでいたかったが、案外と早く電話はかかってきた。「今、岡崎城の下の赤い橋を渡って、大きな川の土手に出ちゃったんですけど」といわれたので、「そのままそこでお待ちくださいと」伝え、迎えに行った。

「次はどちらへ向かいましょう?　松平郷でよろしいですか?」

「時間はどれぐらいかかりますか?」

「四、五十分じゃないかと」

「松平郷の見学にはどれくらい?」

「あくまでもその方次第ですけど、一時間もあれば」

「松平から岩村までは?」

「スムーズにいけば一時間半ぐらいでしょうか」

「今がちょうどお昼でしょ。一時には松平郷について、二時に向こうを出たとして、三時半には岩村に着くとして……。どうする？　どうする？」

また始まったぞ。ここはやはり、おれがプランを立てなければならないのか。

「あの、駆け足のような形になりますが、多くのスポットをご覧になりたいですか？　それともどこかでゆっくりお食事をされたいですか？　松平郷は外せないんですよね。あと、先ほどへーハチが、とも」

「松平郷はこの人がどうしても行きたいっていうし、この人はへーハチが大好きなんですよ。わたしとこの人は戦国時代全般に興味があるんですけど……。ねえ、どうする？」

「駆け足か、ゆっくりお食事かを決めていただければ、私がご提案しますが」

「どうする？　駆け足？　お食事？　どうする？　どうする？」

二択ですらこうなるのか。二択の場合、多数決という便利な方法がありますけど。

「多数決をとられてはいかがでしょう？　ええ、では駆け足の方、手を挙げてください」

なんだよ、四人全員駆け足派じゃないか。

「じゃあ、駆け足のほうでお願いします。食事は途中でコンビニへ寄っていただければ。車内で食べていいですよね？」

「結構ですよ」

松平、へーハチ、戦国時代、か。

まずは岡崎城から北へ三キロほどのところにある、大樹寺へ。徳川家の菩提寺として知られるこのお寺には、松平八代と、九代目にあたる徳川家康の廟所がある。

「こちら大樹寺は、徳川家康、当時はまだ松平元康でしたが、その元康が桶狭間の戦いの後に逃げ込み、自害を図ろうとした場所であると伝えられています。当時の住職であった登誉上人に諭され、自害を思いとどまり、その後今川から独立して、天下を取ったのはご存知の通り。家康公は遺骨を九能山へ、位牌はこの大樹寺へ、との遺言をしたようです。そのため今でも家康公の位牌と歴代将軍の位牌が安置されています。また位牌の高さは、それぞれの身長と同じであるそうです。本堂の中をご覧になってこられたらいかがですか？　あちらで拝観料を払えば、奥にある宝物もご覧になれます。今申し上げた歴代将軍の位牌も、そちらにございますので」

「どうする？　みる？　みる？　時間、大丈夫でしょうか？」

「大丈夫かと」

本堂の前で待っていると、やはり思ったより早く戻ってきた。駆け足とはいったが、ゆっくり拝観していただいて構わないのに。

その後廟所や多宝塔、山門から見える岡崎城などを一通り案内し、車はさらに北へ。青木川にかかる橋を渡ってすぐのところにある、本多忠勝誕生の地へご案内する。

「すみません、道が狭くて車を停められないので、ここから先は徒歩でご覧いただけますか。ここを真っすぐ入って行って下さい。突当たりに本多平八郎忠勝誕生の地との碑が建っているので、記念撮影などされてはいかがでしょう？　碑が建っている場所は民家の敷地内になるようなので、なるべくお静かに願います。ここにはかつて西蔵前城というお城がありました。西側には矢作川が、南には先ほど渡ってきた青木川が流れていまして、あの辺りで合流しています。おそらくこれを天然のお堀としたのではないでしょうか。見学が終わりましたら、ここでお待ちください。お迎えに参りますので」

お客さんたちを降ろして一度通りに出、ちょうどよい頃合いになるよう計算しながらあたりをぐるりと一周し、元の場所に戻った。タイミングはぴったり。タクシードライバーにはこういった細かなテクニックも、時には必要なのだ。

「いかがでしたか？」

「へーハチがここで生まれたんだと思うと、感動しちゃいました」

「この人はへーハチが大好きなんですよ」といわれていた彼女が。

「でもここ、すごくマニアックだよね」

「そうそう、レアレア。地元の人しか知らなそう。車とかバスで来ようとしたって、道に迷っちゃいそうだしね」

「ホントだよね。運転手さん、ありがとうございました」

いえいえ、喜んでいただけて光栄ですよ。

途中コンビニに寄って、松平郷へ向かう。松平郷までは巴川沿い、いわゆる足助街道を足助方面へ走り、国道三〇一号を右へ。やがて現れる松平郷への案内看板に従って左に入ると、その正面に無料駐車場がある。最短距離で行くならば山越えとなるのだろうが、今日は貸し切りだ。迂回し、乗り心地や到着時間との兼ね合いでルートを決める。

「あ、そういえば運転手さん、お昼食べてないですよね？」

「そうだ、気がつかなかった。運転しながら食べるわけにはいきませんもんね」

「自分たちばっかり食べちゃって、ごめんなさい」

あれ、なかなか優しい人たちじゃないか。

「大丈夫ですよ。皆さんが見学をされている間に、坂の途中にある茶屋で、うどんでもいただきます。この坂の上に高月院というお寺がありまして、そちらが松平家の菩提寺となっています。今から車で上までお送りしますので、お参りされた後はゆっくりと散歩しながら、この駐車場まで下りてきてください。のどかな雰囲気で、気持ちがいいですよ。ああ、そちらが松平東照宮です。なかに松平郷館というのがありまして、松平家に関する資料が展示されていますので、ぜひご覧ください。ああ、駐車料金は無料ですので、ご心配なく」

お客さんを坂の上まで送り、お寺の駐車場でUターン。坂の下の駐車場へ車を入れ、今度は徒歩で坂を上る。坂の途中の天下茶屋でうどんと、名物である「天下もち」を食べて車に戻ると、もうお客さんたちが車の前で待っていた。さっきの岡崎城といい、大樹寺といい、もっとゆっくりしていただいてかまわないのに。

「お待たせしてすみません」

「大丈夫です。今戻ってきたところですから」

時計を見ると、時間は三時少し前。ああ、これなら間に合うな。

「この後は足助城へご案内しようと思うのですが、いかがでしょうか？」

「足助城ですか？　ねえ、しってる？」

「しらない」

「しらない」

「しらない」

なんだ、誰も知らないのか。

「いかがですか？　そちらをご覧になってから岩村へ向かえば、ちょうど時間的にもよろしいかと思いますが」

「どうする？　どうする？」

また多数決をとるべきか？

「あの、運転手さんは見るべきだと思いますか？」

えっ、おれに訊くの？

「せっかくですので、ぜひご覧いただきたいと思います。ご存知ないのならなおさらです」

「じゃあ、お願いします」

足助街道へ戻り、また北上する。この道は所々幅の狭いところもあるが、走っていて気持ちのいい道だ。途中、巴川が見えたり、夏の、深い緑色をした木々に覆われた山並みが見えたり。やがて国道一五三号にぶつかり、足助の街並みを抜けて右に逸れ、案内板にしたがって左折を二度、急な坂を上った突当たりに、足助城の入り口はある。

「すごい坂道ですね」

「足助城は戦国時代の山城ですからね。簡単には攻め落とされないよう、こんなところに造ったのでしょう」

「公園みたいになっているんですか?」

「いいえ。発掘された柱の跡などにしたがって、建物も復元されていますよ。こういったお城は戦国時代にはたくさんあったはずなのですが、建物まで復元されているところはあまりないんじゃないでしょうか。ここは山の中で、地形もあまり変わっていないでしょうから、当時の様子がよく想像できて、私は好きですね。自然も豊かで、眺めもいいですし、四季折々の草花や、鳥の声なども」

愛知県には国宝の犬山城、「尾張名古屋は城で持つ」の名古屋城、徳川家康ゆかりの岡崎城、長篠の戦いの舞台となった長篠城など、有名な城がいくつもあるが、おれとしてはここを推したい。

ここを居城としていた鈴木氏自体、松平徳川系の武将としてはマイナーだし、安土桃山以降に造られた城のように立派な天守閣もないが、戦国時代の武士の生活の様子を、こんなにわかりやすい形で伝えてくれる施設は貴重だ。また、門から本丸まで、細い道を歩いてぐるりと登っていけるようになっており、真弓山のてっぺんにあるため、どこからも景色が良い。足助街道沿いの、足助の街並みも眺めることが出来る。また、山の中であるから、街の中にある城よりは、戦国当時の景色との変化は少ないはずで、よりリアルに、歴史の中に飛び込んだ感覚に浸れるように思う。

「へえ、そうなんですか。でもここ、人少ないですね。わたしたちも知らなかったし、あまり有名ではないですよね」

「ああ、ここは観光バスが入れませんからね。バスなら下から歩かなくてはならないので、コースから外れがちなのでしょう。下の香嵐渓は紅葉でも有名ですし、今は通過してきてしまいましたが、足助には古い町並みが残っていまして、この辺りの人には定番のドライブスポットなんですけど、ここまで登ってくるのは大変でしょうしね。車ならどうってことないのですが、上に駐車場があることを知らない方も、結構いるようでして」

門をくぐってゆくお客さんたちの背中に「時間は大丈夫ですので、どうぞごゆっくり」と声をかける。この後は岩村城までドライブだ。今日は自然の中を沢山走れて、嬉しいな。売り上げの心配もしなくていいし、毎日こうだといいのにな。

岩村からの帰り道、会社から電話が入った。そのまま車庫に戻ってこい、とのこと。お客さんを降ろした時点で、貸し切りが終了したとの報告をしたのだが、その時は何も言っていなかった。何か問題でも起きたのだろうか。

車庫に車を置いて、敷地内の営業所に顔を出すと、係長が一人で番をしていた。

「ただ今戻りました」

「ご苦労さん。あのね、加藤さん、勤務変更だけど、明日大丈夫かな？」

「大丈夫ですけど」

「じゃあ、今日はこのまま上がって、明日の朝十時に岩村へ行って。今日のお客さんからご指名だよ。今日お送りしたホテルへお迎えに行って、夕方六時ごろに名古屋駅ね。また色々、案内して欲しいというご希望だから、よろしく」

「はい、わかりました」

今日乗せた、あのお客さんたちか。指名してくれたということは、喜んでもらえたのかな。光栄だが、指名を頂いた上に案内してくれなんて言われると、プレッシャーを感じないでもない。なにしろ若い女性と、若くない男性。感性の違いは大きい。今日はなんとかなったが、明日はどうか。まあ、なんとかするのがプロというもの。ベストを尽くすしかない。

翌朝ホテルに迎えに行くと、お客さんたちはすでに玄関の前で待っていた。やる気満々じゃないか。今日も駆け足で、スポットをご案内することになるのだろう。大丈夫、心の準備は出来ている。

「おはようございます。本日もよろしくお願いいたします。岩村城跡はもうご覧になりましたか？　そちらの岩村歴史資料館はいかがですか？」

せわしないかもしれないが、早速確認をする。時間は限られている。

「資料館は今見てきました。岩村城跡も朝食の後に散歩がてら」

岩村の町から岩村城跡までは、森の中を歩いて行けるようになっている。日本三大山城の一つとされているだけあって、結構山を登らなくてはならず、朝食後の散歩としてはいささかハードだが、若い人ならばどうということはないだろう。登って、城跡を見学して、下って、一時間半といったところだろうか。このお客さんたちならもっと早いかもしれない。

「もうご覧になられたんですね。では、最初はどちらへ参りましょう？」

「どうする？　どうする？」

来たな。こうなることは予想していたが、まさか最初からとは。

「今日も戦国時代の史跡めぐりという感じでよろしいですか？　それとももっと違った感じがよろしいですか？　この辺りは自然も豊かですし、史跡以外にも見どころがたくさんございますよ。たとえばこの岩村には、農村景観日本一といわれる場所があります。すぐ近くですし、まずはそちら、いかがでしょう？　その後のことは道々ご相談しながら、ということで」

「農村景観日本一ですか？　なにそれ？　ねえ？」

「面白そうじゃない？　ねえ？」

「面白そう。ねえ？」

「うん。日本一なんでしょ。近いんだし、とりあえず行ってみようよ」

岩村の町から国道363号を中津川方面へしばらくいった右手に、農村景観日本一展望所はある。駐車場はないが、展望所へと続く階段の下に、数台なら駐車できるようなスペースがあり、そこに車を置いて、説明をする。

「こちらの階段を上がった先に展望台があるんですが、そちらから見える景色が、どうやら日本一の農村景観らしいですね。元々はここから見える辺りに岩村城の城下町があったらしいのですが、戦国時代に武田方によって攻められて消滅し、農村地帯となったようです。現在の城下町は、武田氏滅亡後、美濃国岩村城主に任じられた森蘭丸によって、計画的に整備されたとか。どうぞこの階段を上って、展望台から景色をご覧ください」

この階段はさほど長くないが、急であるためか、結構きつい。運動不足の身にはこたえるけれど、上るだけの価値はある。だが、今日のところは遠慮しておく。膝ががくがくして、今後の安全運転に支障をきたすといけない。

「どうぞ、いってらっしゃいませ」

さあ皆さま、頑張ってください。

車の外で伸びをしたり、深呼吸をしたりして待っていると、やがてお客さんたちが戻ってきた。さすがに若い人は違う。それほど疲れた様子はない。

「いかがでしたか？」

「いい景色でしたけど、どのあたりが日本一なのか……」

「そうそう、根拠がね」

「イマイチわからないよね」

「でも、癒されたよね。日本の田舎って感じで」

ここからの景色はたしかに素晴らしいのだが、ハードルを上げすぎている、というのか、日本一というのがきっとひっかかるのだろう。山の麓から続くだだっ広い田園の中に、民家がぽつぽつと見える、「故郷」を絵にしたような眺め。都会で生まれ育った人にとっても、映画なり、写真なり、絵画なりで見たことのある、または見たことがあるような気のする景色だろう。日本の原風景、といえるかもしれない。だからこそ、「どのあたりが日本一なのだろう」との疑問が湧くのだろうが、そういった普遍的、いい換えればどこにでもありそうな風景というのは、実は探そうとすると難しいものだ。だからここには、一見なにもないようで、すべてがあるようにも思える。

「一応日本一の根拠としては、１９８９年に国土問題研究会によって『農村景観日本一』に選ばれたということがあるようです。いわば、最も日本の農村らしい風景、ということなのではないでしょうか」

「へえ、そうなんですか」

「でも、言われてみればそうかもしれない」

さて、次の行き先だ。昨日は、松平、へーハチ、戦国時代のキーワードで回ったが、今日もそれでよいのだろうか。しかしこのあたり、戦国時代はよいとしても、松平とへーハチはちと厳しい。

江戸時代には大給松平氏が岩村を治めていた時期もあるらしいが、他にはあまり思いつかない。

「今日も戦国時代関係で回ればよろしいですか?」

「昨日は三河を回って満足したし、今日はもっと普通の観光地っぽいところにも行ってみたいね、って皆で話してたんです。どこかありますか?」

「観光地っぽいところですか。では日本大正村なんていかがでしょう? 岩村のすぐお隣の明智というところにあるのですが、大正風のハイカラな建物が残っていまして、散策をなさると楽しいかと。戦国時代に関することでいいますと、明智は、本能寺の変で有名な明智光秀の故郷であるといわれています。もっとも、ここから西へしばらく行ったところにある可児市にも明智城、別名長山城というお城がありまして、そちらで生まれたという説もありますが」

「いい? いい? じゃあ明智で」

「承知しました」

大正風のハイカラな建物は、おしゃれな感じがするし、若い女性にもきっとウケるだろうと思って提案したのだが、一応保険として、戦国時代の要素もからめておいた。何しろ四人のうちお二人は戦国時代に興味がおありとのこと、ヘーハチ好きな彼女も、松平徳川に関心のある彼女も、戦国時代の歴史が好きだからこそ、それらに興味を持ったはずだ。さらにいうならば、大正時代だって歴史の一部である。戦国時代ではなくとも、歴史的要素を感じられる場所のほうが、喜んでいただける確率は高いように思う。

「あの、明智でお昼にするとしたら、なにを食べたらいいでしょう？　地元の特産とかありませんか？」

せっかく旅行に来たのだ、二日連続コンビニで昼食、というのも寂しいのだろう。地元のグルメを味わうのも旅の醍醐味である。

「明智といいますか、恵那のご当地グルメに『えなハヤシ』というのがあります。特徴としましては、地元の古代米、特産の寒天、その寒天で育てた恵那山麓寒天豚、という三つの食材が必ず使われています。なんでも恵那は、ハヤシライスの生みの親であるといわれる、早矢仕有的という人物とゆかりがあるようでして。明智にもたしか、加盟店があったはずですよ」

「大正の雰囲気とハヤシライスって、なんかぴったりじゃない？」

「いいかも。どうする？」

「いいんじゃない？」

「うん、賛成」

この人たち、何か提案をするたび、全員に確認をとるのだけれど、あまり反対意見は出ず、いつもすんなりと決まる。よほど気が合っているのだろうか。

国道363号を明智方面へ。二十分もしないうちに明智の町が見えてくる。明智駅の近く、明智の町の一番いい場所に大きな駐車場があるのだが、なんとここは無料だ。

「駐車場は無料ですので、ご安心ください。そこのおみやげ屋さんで案内のマップがもらえるので、それをご覧になりながら散策されたらいかがでしょうか。その道の向こうの広場には、観光案内所もあります。マップはそちらでももらえると思いますし、ハヤシライスのお店についてもそちらで聞いてみたらいかがでしょうか」

「ここ、入場料とかはどうなっているんですか？」

「有料施設が三館ほどありますが、他は無料です。このあたりの町並みそのものが大正村、といった感じになるのでしょう。一館あたり三百円ですが、共通券を買われると五百円で三館ご覧になれます。共通券は観光案内所でもたしか売っていたような。時間はなんとでも調整しますので、どうぞごゆっくりと。見学がすみましたら、こちらの駐車場へお戻りください」

「運転手さんはここでずっと待っているんですか？　退屈しません？」

「大丈夫です。待つのも仕事ですから。どこかでお昼御飯を頂いて、散歩でもしています。もし戻られたときにおりませんでしたら、携帯電話を鳴らして下さい。遠くには行きませんので」

お客さんたちを見送り、町を歩く。駐車場のすぐ近くに、ランチの看板の出ている居酒屋を発見し、入ってみることにした。エビフライにお蕎麦、小鉢にご飯がついて、なんと五百円。お客さんたちは観光旅行だが、こちらは仕事だ。充分なボリュームがあるにも関わらず、財布に優しい値段設定がありがたい。

明智もまた美しい町である。盆地のような地形に、川が流れており、山と川の隙間にコンパクトな町がすっぽり収まっている。この辺り一帯が大正村とされていることからもわかるように、町並みもどこかおしゃれで、味わいがある。昨日といい、今日といい、こんないいところに連れてきてもらって、本当にありがたい。この先も頑張って、案内しないとな。

やはり、思ったより早くお客さんたちは帰って来た。それでもこのお客さんたちにしては、ゆっくりとしてこられたほうだろうか。なにしろ昨日は忙しかった。

「ゆっくりご覧になれましたか？」

「はい。とっても良かったです。ただ……」

「ただ、どうされましたか？」

「明知城という看板をみつけたんですけど、山の中を歩いていかなきゃならないみたいで……。どうする？　って相談して、せっかくだから行ってみようか、って歩き始めたところに、蜂が出てきちゃって」

「怖かったね」

「そうそう、結構大きかったもん」

「それに、距離もありそうだったから、残念だけど引き返して来ちゃったんです」

蜂にびっくりして、引き返して来てしまったのか。蜂なんて山の中ならどこにでも出てくるし、知らん顔して通り過ぎてしまえばどうということもないのだけどな。距離についても実はそんなに遠くない。朝食後に岩村城まで登れる方なら、「あ、もう着いた」という感じだろう。

「運転手さん、明知城、見たほうがよかったですか？」

「正直、微妙なところですね。建物が復元されていたり、詳しい資料が展示されているわけではないので、どうしても見たければ、という感じでしょうか」

「そうですか。じゃあ、いいか。大正村、良かったし、ハヤシライスもおいしかったし」

皆さん頷いているが、やはり歴史好きな、しかも戦国時代に興味のある方々だ。どこか残念そうな感じがする。よし、ここはとっておきの城にご案内するか。

「次の行き先ですが、天空の城、というのはいかがでしょう？　天空の城、日本のマチュピチュ、といえば、兵庫県は朝来の竹田城が有名ですが、恵那のお隣、中津川にもそう呼ばれる場所があるんですよ。木曽のマチュピチュ、苗木城です。石垣や城郭が結構残っていますし、眺めも素晴らしいですよ。お城の入り口近くまで車で行けますし」

「行きたい！」

「わたしも！」

「わたしも！」

「わたしも！」

合議にもならず、満場一致。では、張り切って参りましょう。

近く、といっても距離にして四十キロ弱、時間にすれば一時間弱、といったところだろうか。

最終的な目的地の名古屋駅からは反対方向になるが、大丈夫だ、時間はたくさんある。

国道363号を岩村まで戻って、国道257号へ入り、日本ダム湖百選にも選ばれている、阿木川ダム湖を通過する。

「たかーい」

「きれいー」

阿木川大橋を渡る時、そんな声が車内に満ちた。このあたりは景色も素晴らしいのだ。気持ちよく坂を下ると、国道257号は恵那市街で国道19号と合流し、中津川インターの先で再び枝分かれする。枝分かれした後も国道257号をしばらく走り、やがて見えてくる案内板にしたがって右へ。苗木当山資料館の脇を上がれば、すぐに駐車場がある。

「そちらを上がって行くと、城内に入れます。少々登りますが、距離としてはたいしたことありません。天守跡には、展望台があるのですが、そこからの景色は最高ですよ。高いので、ちょっと怖いかもしれませんけど」

「あの、運転手さんもご一緒にどうですか?」

「そうそう、待ってばかりじゃつまらないですよね?」

「せっかく来たんですし」

「あ、そうだ、一緒に来て、シャッター押してもらえません?」

いや、その、あの、それは……。

「せっかくお友達同士のご旅行ですし、邪魔者はいないよろしいかと。ドライバーというのは影の存在、昔でいうならば、皆さまはお姫様、私は忍者といいましょうか、そっと、皆さまをサポートする役割でございますので……」

ちょっといいわけとしては苦しいだろうか。

「サポートして下さるなら、シャッターも押してくださいよ」

「良くして頂いたので、どうせなら一緒に記念写真も。ねえ？」

「そうですよ。これも旅の思い出ですもん」

「いいですよね？　ね？」

旅の思い出に、おれも写真に入れてくれるのか。光栄だけれどもなあ。嬉しいけれどもなあ。おれの仕事を評価してくれたということでもあるのだろうけどなあ。ここは苗木城だからなあ。断崖の上にある、天空の城だからなあ。またあの展望台が、木製で、板の隙間から下が見えて、怖いんだよなあ。シャッターを押すといったって、絶対に手が震えちゃうよなあ。

しかし、二日もタクシーを借り切り、こんなにいいところまでつれてきて下さったお客さんだ。ここはひとつ、覚悟を決めるか。しっかり歩いて行けば大丈夫。落ちない。だって、誰も落ちていないもの。そんな事故、聞いたことないもの。大丈夫、大丈夫。高いだけだよ。高いだけ、高いだけ、高いだけ……。

ああ、すでにひざが震えて来た。なにしろ、木曽のマチュピチュ、だものなあ。天空の城、だものなあ。

男の器

お世話になっている割烹料理屋のご主人から、「困っとるんだわ」と相談を受けた。どうやら、婿どののことらしい。ご主人曰く、「悪いやつではねえんだが、チャラいというんか、妙にテンションが高いというんか」。お目にかかって、おれも思った。確かに……。

「なんか、今日はお義父さんからいわれて、あれなんすけど、おれなりに目一杯やりますんで、オナシャ～ス」

「こちらこそ、よろしくお願いいたします」

「あ、運転手さんもガム食います？」

「今は結構です」

「じゃあ、眠くなったら言ってくださいよ。これ、めっちゃ刺激強くて、目覚めるんで」

「お気遣い、ありがとうございます」

たしかに、悪い人ではなさそうだな。

ご主人の娘さんは、数ヶ月前にこの若者と結婚した。ご主人が大切に守ってきた店を、この若者が継ぐと言ってくれたと大層喜んでいた。しかし、である。段々とご主人の口から「教育する自信がない。モノになるだろうか？」といった言葉がこぼれるようになった。

ご主人のお店は、料理はもちろんのこと、酒にもかなりのこだわりを持っている。よい料理、よい酒に、よい器はつきものだ。ところがこの若者、器についてまったく興味がないらしい。

そこでこのおれにお鉢が回ってきた、というわけである。

おれ自身、それほど器に詳しいわけではない。少し荷が重いと思い、「ご自身でお連れになったらいかがですか」と提案したのだが、それも難しいとのこと。ご主人は毎晩お店に立たれているし、日中も仕入れや仕込みで忙しい。週一度の定休日に婿どのを連れ回そうにも、それはお嬢さんが許してくれないそうだ。新婚さんだし、週一度くらいは二人きりでデートをしたいのだろう。

ご主人のリクエストは、「一つでも多くの器を見せてやってくれ」。器のことなどわからない無粋な男ではあるが、タクシードライバーとして、観光客を案内する程度の知識は勉強してある。やきものの産地を走り回り、様々な器を見せることぐらいなら出来るかもしれない、とこの仕事を受けることにした。

まずは名古屋から南下し、常滑焼で有名な常滑市へ。どこをどう案内すべきか少し迷ったが、まずはオーソドックスに常滑市陶磁器会館へ向かうことにした。

常滑市陶磁器会館には、陶芸を体験できる工房もあるが、高価なものからお求めやすいものまで、一通りの器が売っている。一ヶ所で多くのものを見ようと思えば、まずはここだ。

「なんか、チョーネコっすね。マネキマクリ」

「チョーネコ？　マネキマクリ？」

「超いっぱい招き猫が売ってるじゃないっすか」

「ああ。常滑は招き猫の生産量、日本一ですからね」

「へえ、そうなんすか。知らんかったっすわ。ヤベ、スゲ、パネエ。一個買っていこ」

そうなんです。常滑ってすごいんです。半端じゃないんです。

「常滑はですね、日本六古窯の一つでもある、伝統的なやきものの産地なんですよ」

「ロッコヨウ？　なんすか、それ？」

「古窯とは古い窯と書きます。日本に古くからある、やきものの窯、産地という意味ですね。六ヶ所あるから、六古窯。なんでも常滑は、平安時代末期からの歴史があるとか」

「平安時代？　ハルハアケボノ、ヨウヨウシロクナリユクヤマギワ、の時代っすか？」

「枕草子は平安時代中期に書かれていますから、それよりはちょっと新しいですかね」

「でも、中期と末期っすもんね。近いっすよね。ふるっ！」

ちょっと疲れるな。

常滑市陶磁器会館で一通り器を見た後、常滑焼セラモールへ移動する。セラモールはとこなめ焼卸団地とも呼ばれていて、常滑焼の卸問屋なのだろうか、やきものを扱うお店が二十軒ほど並んでいる。もちろん小売りもしていて、産地で買うメリットだろうか、価格も比較的良心的。そしてなにより、この常滑で一度にもっとも多くの器が見られる場所であるはずだ。

店から店へとひやかして回る。どこも常滑焼を扱っていることには変わりないのだが、それぞれに得意な分野があるようだ。植木鉢のたくさん並んでいるお店、庭に置く飾り壺やガーデンテーブルセットなどの扱いが豊富なお店、招き猫がチョーネコ状態になっている店。しかし、常滑といえばやはり、急須だろうか。

「これいいな。うわ、たけぇ！」

とあるお店で、急須を手に取った婿どのが、そう声を上げた。値札を確認してみると、一万円をちょっと超えるぐらい。それでも三割ほどの値引きがしてあるようだ。

「なかなか、お目が高いですね」

「えっ、おれ、お目が高いっすか？　マジで？　やっぱどうしても滲みでちゃうもんすね、センスつうのは」

少々イライラしないでもないが、センスは悪くない、といえるだろう。婿どのが手にしているのは、朱泥の素晴らしい姿をした急須である。

「どうしてこれを気に入られたんですか？」

「形、つうか、これ、回してる感じがするじゃないですか。あっちのはつるんとしてるけど、これは回してる感がっつりなんで、手作り感、びしびし伝わってくるし、なんか、持ってかれるっていうか」

いい方はめちゃめちゃだけれども、的を射ているような気がしないでもない。この姿からしても、この価格からしても、型をつかって形を整えたものではなく、一つずつろくろを回して、作られたものだろう。やはり良いものはわかる、ということだろうか。

「いらっしゃいませ。そちらがお気に召しましたか？」

穏やかな顔の男性が、おれたちの後ろに立っていた。店のご主人、というには少し若いか。息子さんか、それとも婿どのか。

「これ、いいすね。でもこれ、なんでこんなに高いんすか？　あっちのやつは、三千円ぐらいなのに」

不躾な質問だが、それを受けた男性はにこやかな顔を、より柔らかくしている。本来ならば一応の引率者であるおれが咎めるべきなのかもしれないが、あちらさんもプロだ。気を悪くさらず、質問を受けてくれるのなら、この婿どのにとっていい勉強になるかもしれない。

「こちらとあちらでは、まず土が違います。常滑の赤土は本朱泥と呼ばれておりまして、鉄分を多く含んでおり、お茶の苦みを柔らかくしてくれるのですが、こちらは混じり気なしの本朱泥で作られております。よくご覧ください。色も少しちがいますでしょ？」

「あ、ホントだ。ちがう」

「またあちらは、中にステンレスの茶こしが入っていますが、こちらの中を覗いてみてください。こちらは急須と一体になっていますよね？」

「ヤベ、セイミツ」

「こちらは一つずつろくろを回して胴を作り、手や口、そしてこの茶こしをとりつけますので、すごく手間がかかるのです。もちろんこれを作られた作家さんは腕のいい方で、ちょっと蓋を揺らしてみてください、少しもガタがありませんでしょ？」

「ぴったりしてますね。スゲ、ヤベ」

「そのあたりが、価格の違いになって現れてくるわけです」

感心しているのか、納得しているのか、婿どのが首をひねりながら小さく唸っている。いい表情だ。これはモノになるかもしれんな。

「やっぱ、お茶の味も違うんすかね？」

「どうでしょう？　一杯お淹れしましょうか？」

「いいんすか？」

「ぜひ味わっていただきたいですね。少々おまちください」

一度店の奥に引っ込んだ男性が、お茶を運んできてくれる。本朱泥の小ぶりな急須に、小さな湯のみが二つ。目の前でお茶が注がれる。

「あ、これ、甘い」

婿どのが。おれも口をつけてみる。たしかに美味しいお茶である。マイルドな味わい、というのだろうか。朱泥のおかげか、渋みがほどよくおさえられており、お茶の甘みがしっかりと感じられるのである。もちろんお茶っ葉も、それなりによいものを使っているのだろう。丁寧に淹れてもあるのだろう。だが、それを差し引いても、うまいお茶である。

「美味しいでしょう？　これが常滑の急須で淹れたお茶です」

男性の、誇らしげな顔。確かに誇るべきですよ、これは。

「おれ、これ買って、お義母さんにプレゼントしよう」

「ああ、それはきっと喜ばれますよ」

急須を包んでもらい、セラモールを後にして、次の目的地へ向かう。ご主人はこの婿どののことを「モノになるだろうか」と心配していたが、おれは、見込みがあるのではないか、と思い始めている。もちろん、教育は大変そうだけれども。

「次は、どこへ行くんですか？」

「四日市へ参りましょうか」

常滑インターから知多横断道路に乗って、知多半島道路を経由し、伊勢湾岸自動車道へ、というルートもあるが、ここは西知多産業道路を走り、東海インターから伊勢湾岸自動車道へ、というルートを選びたくなる。前者のルートでは少し大周りになるし、通行料も高くなる。今日は貸し切りだし、あのご主人は通行料のことを細かく気にするタイプではないが、産業道路は流れもよいし、到着時間はさほど変わらないはずだ。ならば、少しでも安い方がいいだろう。

東海インターから伊勢湾岸自動車道に乗り、みえ川越インターから国道23号へ。しばらく進んで右に折れ、国道1号に入って海蔵川を越えて一つ目、陶栄町の交差点を右に入ると、ばんこの里会館の駐車場はすぐそこだ。

「へえ、ばんこの里ですか」

「そうです。今度は萬古焼をご覧いただきます」

ばんこの里会館はなかなかに立派な建物である。陶芸教室や萬古焼の直売コーナーがあるのはもちろんのこと、レストランや貸しホールまで併設されている。玄関を入った正面のスペースや、直売コーナーやレストランのある二階へ続く階段の壁には、ガラスケースが設置されており、萬古焼の器が飾られている。ここを見ているだけでも、なかなか楽しいものだ。

「うわ、ナベ、ブタ」

階段を上りきった先、直売コーナーの前にたくさんのやきものが並べられている。萬古焼といえば、土鍋。そしてもう一つ、蚊遣り豚。夏に蚊取り線香を中に入れて焚く、あの豚だ。萬古焼と聞いてピンと来ない方も、この二つのうちのどちらかは、どこかで目にしているはずなのだ。つまり萬古焼は非常にメジャーな、といおうか、誰にでも身近なやきものなのである。

「国内における土鍋の七割から八割は、萬古焼であるといわれています。この蚊遣り豚も、詳しい数字まではわかりませんが、かなりの割合をしめているのではないでしょうか」

「すごいっすね。常滑は猫で、萬古は豚。なんつぅか、かわいいつながり？」

「ははは。たしかにそうですね」

この婿どの、どことなく可愛げがあるというのか、憎めないというのか、妙な魅力のある人だ。料理の道そのものも厳しいものなのだろうけれど、一つの店の主ともなれば、お客さんに好かれ、従業員にも好かれなくてはならない。それは努力によって手に入れられる部分も多いのだろうけれど、やはり天性の資質によるところも大きいのではないだろうか。あのご主人がいくらかの不安を抱えながらも、この婿どのに跡を継がせようとしているのは、そんな天性の資質を感じているからなのかもしれない。

土鍋や蚊遣り豚、皿や茶碗の間を抜けて、直売コーナーの奥へ。入り口周辺に並べられているのは、お買い得品というのか、お値打ち品というのか、比較的お求めやすい価格のものが中心だが、直売コーナーの奥には作家ものなどの、いわゆる「いいもの」も置いてある。常滑市陶磁器会館もそうだが、このばんこの里会館も、直売コーナーで一通りのものを見たり、購入出来るようになっている。やきものの産地をめぐる場合、まずはこういった「〇〇会館」と名のついたところに行けば、そこではどんなものが作られているのか、ということがざっくりとではあるが把握できるのではないだろうか。そこで気に入ったものをみつけられれば、さらに足を延ばして、その製造元である窯を訪ねてみるとか、その分野に強い専門店を訪ねてみるといったように、やきもの巡りの楽しみを広げて行くことも出来るだろう。

「ああ、この急須もいいな。シブい」

ああ、またまたお目が高い。婿どのが手にしているのは、これまたいい姿をした、紫泥の急須である。常滑にしろ萬古にしろ、作家がそれぞれに工夫を凝らし、個性的でデザイン性に優れたものもたくさん作られているが、どうやらこの婿どのは、こういったシンプルなものに興味をひかれるようだ。

「いい紫泥ですね」

「シデー？　さっき常滑で買ったのはシュデーでしたよね？　シデーとシュデー、シデー、シュデー。あ、なんかいい響き」

なんだろう、この独特の感性。決して嫌いではない。

「紫泥と朱泥はですね、ともに鉄分の多い赤土を原料とし、釉薬を使用せずに焼かれているのですが、焼き方によってそのように色に違いが出ているのです。窯の中の酸素を少なめにして焼くとそのように紫っぽくなり、酸素を多めにして焼くと、朱っぽくなるんですね」

「へえ。じゃあこの紫泥でも、お茶は美味しくなるんすか？」

「そういわれていますね」

「でも、急須はさっき買っちゃったからな。あ、そうだ、シデーの湯のみを買うか」

そういうと婿どのは、これまた見事な紫泥の湯のみを二つ選んで、レジへと運んで行った。

朱泥の急須に、紫泥の湯のみ。どちらもよいものであることは間違いないのだが、お茶のセットを買う場合、紫泥の急須に紫泥の湯のみ、朱泥の湯のみに朱泥の急須、といったように、多くの人が統一感を求めるというか、揃いのものを選ぼうとするのではないだろうか。しかもどちらも、それなりに値の張るものだ。なかなか大胆なチョイスであるように思える。

「どうしてそれを選ばれたんですか？」

会計を終えた婿どのに、率直な質問をしてみた。

「え、駄目なんすか？　センス的にこれ、なし？」

「いえ、そんなことはないと思いますが、急須と湯のみ、揃いで買われる方が多いように思うので」

「ああ、そういうものなんすか。知らなかった。でも、おれ、似合うと思ったんすよ。これ買って帰ったら、きっとお義父さんとお義母さんが二人でお茶飲むと思うんすよね。あの二人って、まったくタイプが違うようで、どこか似ているみたいで。おれのイメージでは、お義母さんが朱泥で、お義父さんが紫泥かな。おれ的にはあの二人、よく似合ってると思うんす。だからいいと思ったんすけど、やっぱ変かな。でもいいや、おれ、細かいことは気にしないから」

女将さんが朱泥で、ご主人が紫泥。その発想はなかったが、いわれてみれば、なんだかぴったりくるような気もする。揃い、ではなく、似合い、という合わせ方。いや待てよ、材料は共に赤土。そして、釉薬を使わずに焼くという共通点。そこは統一されているわけか。似たもの同士でありながら、別の個性を持ったもの同士。人間は、生まれた時から人間だ。だが、男と女になるには、社会的影響が大きく関与しているようにも思う。つまり男と女では焼成の方法が違うのだ。ああっと、こういうとなんか違うか。生まれた時から性別は定まっているから、精神やジェンダーの問題だ。この際、肉体関係なし。人間の本質は内面にあるのだ。待てよ、その前はどうなのだ？　人間となる前の話だ。遺伝レベルというか。ああ、それも少しちがうのか。では、なんなのだ？　この、しっくりくる感じは。シデイ、シュデイ。シュデイ、シデイ。イッツ・ア・ビューティホーデー。いやいや、ビューティホーデーは関係無い。ああ、頭がこんがらがってきた。

やはりこの婿どの、ただ者ではないのかもしれない。


ばんこの里会館を後にして、多治見を目指すことにした。お世話になっている割烹料理店のご主人から今回いただいたリクエストは、この婿どのに一つでも多くの器を見せること。多治見から土岐、瑞浪あたりで盛んに焼かれている美濃焼は、食器の生産量において日本一、シェアとしては五割程度を占めている。一つでも多くの器を見せる、というリクエストに対して、こんなに適した地域は他にないだろう。

「美濃焼って、日本一なんすね。知らんかったなあ。やきものって、瀬戸ってイメージがあったんすけど。セトモノっていうぐらいだから」

「瀬戸と多治見、土岐、瑞浪あたりは、愛知県と岐阜県に分かれていますけど、地理的には近いですし、歴史的にもつながりが深いようですね」

「やっぱそうっすか。すぐ隣だもんな。ということはあの辺のあちこちで、やきものが焼きまくられている、ということだな。あ、わかったぞ」

「なにがですか?」

「多治見って、暑い町として有名っすよね?」

「そうですね。2007年には40・9℃を記録したとかで、日本一暑い町なんていわれていましたね。今はたしか、四国のどこかの町に抜かれてしまったようですけど」

「それっすよ、それ。なんで暑いか、それは近くでやきものをたくさん焼いているからっすよ！」

たしかにやきものは高い温度で焼くから、窯の近くはきっと暑いだろうが、それが気温にまで影響を与えるものだろうか。原因はもっと大きなものではないのだろうか。

「もしかしたら、そうかもしれませんね」

とりあえず同意しておく。別に罪深いことではない。冗談の類だ。

「あ、絶対信じてないっすよね」

「そんなことはありませんよ」

「いいっす、いいっす、無理に合わせてくれなくても。ガリレオ・ガリレイだってそうだったんすから。新しい説ってそういうもんすよ。いいんです、いいんです、誰がなんといおうとも、おれは信じてますから」

気を悪くしている様子はない。やはり冗談だったのだろうか。そうだとしたら、ここは笑っておくべきか。しかし、案外と本気だったら、失礼になってしまう。冗談だったとして笑わない場合と、本気だったとして笑った場合。失礼はどちらか。ここは冗談の質の問題かもしれない。必ず笑わなければならないほど、面白い冗談であるかどうか。

結論、流す。

「ところで、美濃焼の特徴ってなんなんすか？　萬古焼はナベ、ブタ、シデー。常滑焼は、招き猫にシュデー。んでどっちもお茶が美味くなるなんていって、急須推しな感じで。常滑の猫に萬古の豚……、やっぱかわいいつながりで、パンダかなんかっすか？」

やはり独特の感性をお持ちだな。

「あの、パンダのやきものって、そんなにあちこちにありますか？」

「ああ、あんまり見ないっすわ。そうだよな、日本一たくさんやきものを焼いてる町だもんな。おれもどこかで目にしているはずだし、うちにもあるはずなんだよな。あ、わかった！」

「おわかりになりましたか？」

「タヌキでしょ？」

残念ながら、それは信楽ですよ。

「いえ、美濃焼はですね、特徴のないのが特徴といわれています」

「それ、ずるいっすわ。そんなのわかるわけないじゃないっすか」

別にクイズ形式にしたつもりはないのだけれど。

「なにしろ日本一のやきものの産地ですから、要するになんでも焼いている、というわけなんです。食器でいえば、美濃で焼いていないものは、おそらくないんじゃないでしょうか」

「ふうん。なんでもそろうって、コンビニみたいなもんですね」

そこはデパートといって欲しいな。これも世代の違いか。

まずは、と多治見市美濃焼ミュージアムへ向かう。さすが日本一のやきものの産地、他にも多治見市や隣の土岐市には、多治見市モザイクタイルミュージアム、こども陶器博物館、岐阜県現代陶芸美術館、美濃陶磁歴史館など、やきものに関する博物館・資料館の類がいくつもあるが、ざっくりと全容をつかむには、この多治見市美濃焼ミュージアムが一番バランスがよいように思う。人間国宝の焼いた見事な作品を鑑賞できるばかりか、美濃焼の歴史を実物の器と共に一通り学ぶことができる。

婿どのの後ろについて館内を回る。チャラい、やたらとテンションが高い、とご主人に評されているこの婿どのも、さすがに静かに展示を見ている。美濃焼の長い歴史、懐の深さに圧倒されたのだろう。

一通り見て回り、車に戻って聞いてみた。

「いかがでしたか？　美濃焼ってすごいでしょう？」

「ああ、すごいっすね。でもなんか、めっちゃ織部推し、って感じっすね。さっき見た観光マップみたいなのにも、織部ストリートとかあったし、それも一カ所じゃなかったし、織部ヒルズってのもあるみたいだし、一体なにものなんだよ、っていう。織部ってのもよくわからないすね。古田織部って人が関係しているのはわかったんすけど、なにがどうなったら織部なのか。黒もあるし、緑もあるし、形もぜんぜん違うし」

「古田織部は、有名な茶人ですね。斬新なもの、独創的なものを好んだようで、その影響受けてここ美濃でも……」

「なんだかややこしいっすね。じゃあ、もういいっす」

「そうですか。もし古田織部についてお知りになりたかったら、『へうげもの』という、織部を主人公にした漫画がありますので、それをお読みになられるとよろしいかと」

「へえ、漫画の主人公になってるんすか。そりゃ多治見も推すわけだ」

漫画の主人公になっているから、ということではおそらくないだろうが、確かに織部は、この辺りの人々に大切にされているように思う。

「その古田織部にちなんで、織部と呼ばれるようになったのでしょうね」

「だから、何がどう織部なのかがわからないんですよ。ちょっと見て、お、これは、織部だね、とかいえたらカッコイイと思うんすけどね。おれが知りたいのは、ズバリそこっす」

なんだかチャラい理由だなあ、と思わないでもないが、器を見て、それが織部であるといえたら格好がいい、と感じること自体、割烹料理屋の跡継ぎとしてはよいことだろう。今時そんなことなどどうでもいい、と考える人も多いけれど、日本料理に関わる人ならば、そういった価値観は必要かもしれない。

「まあ、現代では、あの深緑色の、わかりますか？　さっきもありましたでしょ？　ああいったものを織部と呼ぶことが多いみたいですね。透明な釉薬に酸化銅などを混ぜて焼くと、ああいう色になるんですが、その釉薬のことを一般的には、織部釉薬というみたいで」

おれの説明もまあ、なんというか、いい加減なものだな。一介のタクシードライバー、このあたりで勘弁してもらいたいところだ。

「あ、そうだ、忘れてた。どこかどんぶりが見られるところってないですか？」

「どんぶりですか？　どんぶりならば、駄知ですかね」

「ダチ？　友だち？」

「いえいえ、土岐市の駄知という地域です。展示にもありましたけど、美濃焼では地域によって分業が進んでいましてね。地域ごとに焼いてるものが違うんです」

特徴がないのが特徴、といわれる美濃焼だが、日本一の生産量を誇っていることこそが、一番の特徴であるともいえる。それを支えて来たのが、製品別の分業制度だ。どんぶりなら土岐市駄知、盃ならば多治見市市之倉、徳利ならば土岐市下石、といったように地域ごとに主として焼くものを決め、質の高いものを効率的に作る工夫がなされてきたのだろう。だからどんぶりは、駄知なのである。

「じゃあ、そのダチに行って下さい。うちの店、今度ランチを始めるんすけど、おれ、どんぶりをやるつもりなんですよ。お義父さんがやってもいいって」

「へえ、ランチを始められるんですか？」

「そうなんす。おれ、これでも調理学校出てるし、前に働いてた店では、まかないも作ってたし。夜の店ではまだロクな仕事させてもらえないっすけど、まずはランチをやってみろって。おれがメニュー考えて、それがよかったらランチを任せてやるって。まあランチだし、さっと食べられるどんぶりがいいと思うんす」

そうなのか、この婿どの、料理人としての下地はあるのだ。ますますいいじゃないか。それにあの店がランチを始めれば、おれにとっても便利だ。まあ、値段と味次第だが。

「それは器選びも頑張らないといけませんね」

「だから、どんぶりがたくさん売っているところへ連れて行って下さい。色々考えたいんす」

「わかりました。お任せ下さい」

どんぶりのたくさん売っているところ、と聞いてすぐに思いつくのは、「道の駅　土岐美濃焼街道　どんぶり会館」である。住所は土岐市肥田町になっているが、肥田町は駄知町のすぐ隣だ。どんぶりだけでなく、茶碗や湯飲み、コーヒーカップなども売っているけれど、どんぶりの品揃えはさすがに豊富。しかも窯元から直接仕入れているらしく、価格も市価より三割から五割ほど安く設定されているものが多いようだ。ランチで使う器、もちろんあまりに安物ではいけないが、数も必要であるし、経営上の理由として、器にかけられるコストも自ずと決まって来るだろう。安くて良いものを探すには、ちょうどいい場所なのではないだろうか。

多治見市美濃焼ミュージアムから車でおおよそ二十分、県道66号駄知バイパス沿いにどんぶり会館はある。遠くから見てもすぐにわかる、どんぶりの形をした立派な建物だ。道の駅としての機能も持っており、二階にはレストラン、一階と地下では美濃焼の器が展示販売されていて、器のほかにも地域の名物、おみやげなども売っている。もちろん、といってはおかしいかもしれないが、地下に陶芸を体験できる施設もある。

駐車場に車を入れ、一階の売り場を見て回る。ざっとどんぶりを眺めた後、婿どのは夫婦茶碗の前で立ち止まった。顔つきがこれまでとは少し違う。あごに手をやり、大小揃った茶碗をするどく見つめ、なにか考えているようだ。どんぶりをやるといっていたが、夫婦茶碗とは……。そうか、もしかして、ミニどんぶり？　天どんと鉄火どん、ネギトロどんとうなどん、といったように、二種類のミニどんぶりをセットにして出すのか？　そういった方法はたまに見かけるけれども、大体二つのどんぶりの大きさは同じだ。これを夫婦茶碗を使ってやれば、異なる大きさの二つのミニどんぶりができあがる。アシンメトリーのダブルミニどんぶり。斬新だ。独創的だ。現代の古田織部だ。

よかったですね、ご主人。彼はどえらい跡継ぎですよ。

「ちょっと聞いていいすか？」

小声で婿どのが。いやいやいやいやいや、待て待て待て待て、現代の古田織部に質問されて答えられるほどの器は持っていないぞ、おれは。しかしだ、現代の古田織部となれるかもしれない資質を持ったこの若者の手助けをすることは、名誉なことかもしれない。力量の不足はあれど、精一杯お答えするべきだろう。わからないときは、わからないといえばいいのだから。

「なんでしょうか？」

恐る恐る、小さな声で。

「あの、ちょっと疑問に思ったんすけど、夫婦茶碗って、女性用のほうが小さいじゃないですか。まあ、ご飯をよそう茶碗がそうなってるのはわかるんす。一般的には男性の方がよく食べるし、炭水化物を控えるなんていうダイエットをする女性、多いっすからね。わからないのは、この湯のみっすよ。お茶って、男性のほうがたくさん飲みます？　あんまり変わらないと思うんすよね。それなのに、なんで女性用は小さいんすかね？　どう思います？」

「さあ、なぜでしょうね」

やはり、独特の感性をお持ちだ。古田織部とは少し違うようだが、この婿どの、それなりの器をお持ちなのではないだろうか。いい跡継ぎではないかと思うのですが、いかがでしょうかね、ご主人。

温泉同好会

最近係長は、何か心得違いをしているのではないだろうか。おれは一介のタクシードライバーだ。有能なコンシェルジュなどではない。したがって、すべてのお客さんのリクエストに応えることなど、できるはずがない。

しかし、である。できるはずがない、などと自分の可能性を否定してしまってよいのだろうか。これまで色々あったが、縁があってこの仕事に就いた。最初はろくに道もわからなかったではないか。あれから十余年、日々の勉強や経験によって、名古屋の道を覚え、周辺の観光地についても、そつなく案内ができるようになった。おれは成長した。だから、もっと先まで行けるかもしれない。

それにしても、今日のお客さんは少しややこしい。係長からは、年配の男性のグループで、年に何度も一緒に旅行しており、普通の観光地には飽きているらしい、と聞いている。毎回同じメンバーであちこち旅行をして回っていれば、確かに飽きも来るだろう。だが、なんと贅沢な悩みであることか。おれもいつかはそんなことをいってみたいものだ。

よほどの金満家なのだろう、と予測し、ホテルにお迎えに上がると、見た感じでは、普通のおじさんたち、といった様子だった。若々しいということもないが、異様に老けているということもない。身なりも皆派手ではないが、それなりに小ざっぱりとまとまっている。堅い勤め人の、定年退職後の姿、といったところか。

「ああ、どうもごくろうさん。今日は一日お願いしますね」

挨拶の言葉も、無難なもの。常識を持った、柔和なおじさんたち、といった印象だ。

三人組。お二人を後部座席へ、もうお一人を助手席へと案内し、まずはご要望を探るために、助手席のお客さんに声を掛ける。

「どんなところにご案内しましょうか。配車係の者がいうには、普通の観光地には飽き飽きなさっているとか」

「そうなんですよ。二月に一度はこのメンバーで旅行しているものでね。どこか面白いところはありませんか？」

こういうリクエストが一番困る。せめて方向性を示して欲しいものだ。

「ええ、ではまず、どんなタイプの場所か、つまり、グルメであったり、歴史探索であったり、やきものの旅であったり、といった、おおまかなジャンルといいましょうか、こんなことをしたい、ということをいって頂ければ、なんとか知恵をしぼりますが」

「あれ？　聞いてない？　僕がいい忘れたかな。僕らはね、温泉同好会なんだ。でもね、下呂、有馬、草津、熱海なんて有名どころは、行き尽くしちゃってねえ。あと、ひなびた温泉地、っての？　あれもね、今は情報化社会でしょ？　旅行雑誌なんかに盛んに取り上げられてるから、ひなびにくい、というのかな。なかなか難しくてねえ。そこで、あなたのお力を借りられれば、と思うんだけれども。どこか珍しいような、変わっているような、そんな温泉に行きたいなあ」

今日の予定では、夕方までにここに戻ってくればよい。名古屋から日帰りで行ける範囲にも、下呂、湯の山、長良川など、わりといい温泉地は多いが、今回のお客さんたちのリクエストは、そういうことではないのだろう。もしそうなら、そこに宿を取っているはずだ。

「そうですか。一日に何カ所か回るほうがよろしいですか？　それともどこか一カ所に決めて、ゆっくりなさる方がよろしいですか？」

「どうせならハシゴしたいねえ。僕らはね、なるべくたくさんの温泉を知りたいと思っているんだ。だから、そのように頼むよ」

「承知しました」

承知しました、とはいったものの、悩むところである。若いお客さんならスマホでサクサク検索して「ここへ行ってください」ということになるのだろうが、この年代の方々はそういうのを嫌う人も多い。おれもスマホは持っているけれど、運転中は使用できないし、お客さんの前で検索しているのも、なんだか素人臭くて格好が悪い。知らない、と答えてもよいのだが、恐ろしいのが「タクシードライバーなら何でも知っているはずだ」という思い込みをお客さんが持っていた場合。「なんだ、そんなことも知らないのか」と不機嫌になられてしまう可能性もある。これが実は難しいところで、以前は世の中に情報がさほどあふれていなかったため、タクシードライバーの知識というのがわりと優位性を持っていたのではないかと思う。だからテレビや雑誌でも、「タクシードライバーおすすめのラーメン店」みたいな企画をよく見かけた。しかしだ、現在ではおそらく、タクシードライバーより数多あるグルメサイトの方がラーメン店については詳しいだろう。テレビや雑誌で紹介されていない名店というのはわりとあるが、実際に食べに行ったお客さんが評価をつけるといった形式の、グルメサイトに掲載されていない名店というのはほとんどないはずだ。こんな時代をタクシードライバーはどう乗り切ればよいのだろう。

悩みは多いが、やるしかない。売り上げの心配をしなくてもいい、貸し切りの仕事はとてもありがたい。こんな時代に、タクシーを貸し切ってくれる貴重なお客さんもありがたい。お客さんから好評を得れば、係長もまた仕事を回してくれる。そのためにはどんなお客さんのリクエストにも、応えられるようになる必要がある。

よし、ここは賭けだ！

名古屋の中心地からなるべく空いている道を選びつつ、あみだくじのようにして南西の方角に進む。国道23号に入ったら、後は西へ向かって一直線。向かうはそう……。

「ところで運転手さん、どこに向かってるの？」

助手席のお客さんが。着くまで行き先はいいたくなかったが、質問されたのなら答えるしかない。

「長島方面ですが」

「長島温泉かい？　有名どころだねえ。確かにいいお湯だったが、何年か前に行ったことあるしなあ。あの、アウトレットモールやら遊園地のあるところだろう？」

「そうですが、遊園地の隣にあるところではなく、地元の方とか、この国道23号を走るトラックドライバーの方々に人気のあるところなんです」

「ほう、地元の人たちやトラックの運ちゃんにねえ。公衆浴場みたいなところかい？」

「いいえ、公衆浴場とはちょっと違うんです。しかし、なんといいますか、独特の趣がありまして」

「ほう。それは面白そうだね。なあ」

「そうだよ。アタリハズレはあるかもしれないけど、ボクらは一つでも多くの温泉を知るために旅をしているんだ。ハズレだってそのうちの一つだよ」

後部座席お二人は、乗り気なよう。もちろん助手席のお客さんにも異論はない様子。気に入って頂けるといいが。

弥富を抜けて三重県に入り、しばらくすると木曽川大橋が見えてくる。これを渡ってすぐに国道23号から逸れ、駐車場に車を入れると、助手席のお客さんががっかりしたような声を発した。

「そこかね……。どこにでもあるような入浴施設に見えるがな」

これが、どこにでもある入浴施設に見えるのか。このお客さんたち、おれが考えていた以上に、場数を踏んでいるというのか、様々な温泉を巡っているのかもしれない。ああ、この賭けは、おれの負けだ。

「まあ、そういわずに入っていこうよ。せっかく来たんだからさ」

「そうだよ。どこにでもあるように見えても、それぞれにいいところというものはあるものだよ。なかなか清潔そうじゃないか」

後部座席のお二人が。考えようによっては、場数を踏んでいる人というのは、こういった経験もたくさんしているはずだ。失敗は成功のもと。おれもドライバーとしては随分場数を踏んでいる。だからたまにはこんなことがあっても……。

「そうだな。どんな温泉にもいいところはある。それがわからなくて、なにが温泉好きだ。よし、入って行こうじゃないか」

ああ、いいお客さんでよかった。

車を降りると、お客さんたちは、駐車場の奥へと歩いて行こうとした。なるほど、そういうことか。

ややこしいことに、ここには駐車場の入り口近くと、駐車場の奥に、二つの温泉施設がある。奥の方は「クアハウス長島」という、緑の屋根に白い壁の、少し洒落た感じのする施設で、一般的にはこちらの方が好まれそうだが、今日のお客さんたちには、入り口側の施設の方が好まれるはずだ、とおれは踏んだのだ。もちろん賭けの要素はあるけれども、勝算は充分にある。

「あの、そちらじゃないんですよ。こちらの方です」

「え、そっち？　そんなところに温泉があるのかい？」

「ええ、その奥にございます。天然温泉、露天風呂と書いてありますでしょ？」

「これはあっちの温泉の看板じゃないのかい？　ほう。これは珍しいかもしれないな」

国道23号を走れば、わりと目につくこの「オートレストラン長島」[注1]。昔はハンバーガーやうどんの自動販売機のあるオートレストランであったように記憶しているが、今では人間が調理するレストランと、ゲームコーナーのある、ドライブインのような場所だ。高速道路があちこちを走り、サービスエリアはどこも盛況、コンビニだって無数にあるし、地域の特色を生かした道の駅がそれぞれの個性を競い合っている現在において、こういった「国道沿いのドライブイン」自体が貴重になっているが、ここにはなんと天然温泉を使った浴場まであるのである。そのおかげか、駐車場には大型トラックがたくさん停まっている。

「あそこの券売機で入浴券を売っていますので。どうぞごゆっくり」

お客さんを見送って、せっかく来たのだから、と店内をうろうろする。どこか懐かしい雰囲気を味わいながら、麻雀ゲームなどをやって少し時間を潰し、車に戻ってお客さんを待った。

「いかがでしたか？」

戻ってきたお客さんたちにそう声を掛けると、皆ご機嫌の良い様子で、順に感想を述べ始めた。

「いやあ、面白かったねえ。五右衛門風呂っていうからね、昔のホラ、田舎のうちなんかにあった、踏み板を沈めて入るあれね、あれを想像してたんだけどね。まさかボクが釜ゆでになっちゃうとはね」

「ははは、あれはおかしかったね。それにここ、結構お湯が熱いんだよ。五右衛門風呂はそれほどでもないんだけれども、内湯の方はいい線いってたね。オレは熱いのが好きだからね」

「そうだね。最近はぬるいところが多いからねえ。でも、やっぱり風呂は熱くないとな。それに、国道がすぐそこに走ってるから、露天風呂に入ってるとトラックの音が聞こえるんだよ。あれもなかなか風流なもんだ。なんだろう、皆が一生懸命働いてるのに、昼間から温泉に浸かってるんだというね、ちょっと後ろめたいような気持ち、っていうのかな。あれはいいもんだ」

トラックの音が聞こえるのが風流だとは、世の中には本当に色々な価値観があるものだ。

「次はどんなところに連れて行ってくれるの？」

「一発目からこれだもんね。次も期待しちゃうよね」

「ははは。楽しみだなあ」

なんだよ、この圧力。期待が重いぜ。

しかし、手持ちのカードはいくつかある。ここはどのカードを切るべきか。このお客さんたちは、一般的な温泉には飽き飽きしている。情報化社会でひなびた温泉にも出会いにくくなった、といっている。そもそもひなびるとはどういう意味か。田舎っぽい、というか、いかにも素朴な、といったようなことだろう。最近では山奥の温泉地でも、ワインを出したり、吟醸酒をしたり、新鮮なお刺身を出したり、施設を改装してきれいにしたり、という経営努力が行われている。現代のお客さんはわがままで厳しい。そこに都会から人が集まり、それに合わせて、洒落たインテリア、洒落た料理や酒が持ち込まれれば、ひなびた趣は台無しだ。しかしそれは、時代の流れ。今やそうでもしないと生き残れないのだろう。ひなびた温泉は絶滅の危機にある。

ひなびた趣、その神髄はどこにあるか。おれは、ノスタルジーではないか、と考える。どことなく懐かしいような、田舎のおばあちゃんの家に来たような、少年時代の思い出がよみがえるような。しかもこのお客さんたちは、熱い湯が好き。よし、切るカードは決まった。

「お任せ下さい」

国道23号を東へ戻り、再び木曽川大橋を渡る。一つ目の信号を右に折れ、田んぼの中を走ると、すぐに木曽岬温泉と書かれた、大きな看板が見えてくる。

「次の目的地は、あちらです」

「おお……」

車内にどよめきが起こる。

「ゴールデンランド木曽岬温泉」と名のついたこの施設。高度成長期に建てられたのであろう巨大な建物は、いくらかの時代を経て、独特の貫禄を醸し出している。まさに懐かしさの塊。どよめきが起こるのも無理はない。しかも角の看板には、「源泉62℃」と書かれてある。今は源泉の温度もいくらか下がってしまったと聞くが、それでもここの湯は熱めだ。きっと気に入ってもらえるだろう。

駐車場に車を入れて、入り口まで案内する。入り口にかけられた「いらっしゃいませ」のアーチ。赤、青、黒の三色で描かれており、どことなく運動会や学芸会の看板に似ている。軒先には、黄と黄緑のストライプも鮮やかなテントが張り出しており、ここが楽しい場所であることを教えてくれる。

「いやあ、これはなかなかだね」

「そうだなあ。なんだか心をかきむしられるよ」

「ああ。若いころかな、子どものころかな、わからないけど、こんな景色、見たことあるよ」

お客さん、まだまだ驚くのは早いですよ。その入り口を入ってごらんなさい。そしてその奥へ進んで、お湯に浸かってごらんなさい。きっと極楽が見えますよ。

木曽岬ゴールデンランドの入り口に掲げられたゲートを出て来たお客さんの顔は、皆一様に赤らんでいた。温泉の温浴効果だけではきっとない。明らかに興奮しているのがわかる。

「いかがでしたか？」

そういったおれの顔は、いささか「ドヤ顔」っぽくなってしまっていたかもしれない。

「やられたねえ」

「ああ、やられたよ。常連さんなんだろうね、湯船の外に寝っ転がってるの。何してるんだと思ったんだけども、あふれてくるお湯を背中で浴びてるんだね。お湯が熱いから、あれだけでも随分温まるんだな」

「ジャリ風呂も熱かったねえ。さすがのオレもびっくりしたよ。それよりなにより、雰囲気がいい。特に大広間ね。本当に広いんだ。でも、ガラーンとしていて、なんだかもの哀しくてねえ。ああいうのにオレ、弱いんだ」

おおむね満足いただけたようで、ホッと胸を撫で下ろしたいような気分だが、時刻はまだお昼を少し過ぎたあたり。

「次はどこに連れて行ってくれるの？」

そうですよね。そうなりますよね。

係長がおれに伝え忘れたのか、お客さんが係長に言い忘れたのかはわからないけれど、このお客さんたちのリクエストが温泉巡りであること、しかもちょっと変わった温泉を巡りたいとの希望があることを知ったのは、お迎えにあがったときである。これまで二カ所案内し、それなりに喜んでもらえたようだが、いわばおれは今日、アドリブでコースを組み立てている。だから、コース設定についての充分な計算が出来ていない。二枚目のカードとしてこの木曽岬ゴールデンランドを切ってしまったのは、失敗だったかもしれない。あせって最後の切り札とすべきカードを、早々に切ってしまったような気がする。

「二カ所回りまして、どちらも熱めのお湯。そろそろ少し涼まれてはいかがでしょう？　それからお昼を少し過ぎてますが、お食事はどうされますか？」

「ああ、そうだねえ。ここは大広間の売店もやっていなかったし、しばらく何も口に入れてないね。どうだい？　ちょっと涼みながら飯でも食おうか？」

「いいね。僕もね、熱い湯は好きだけど、キミほど強くないからね。ちょっとのぼせ気味なんだ。ありがたいね」

「ああ、僕もだ。運転手さん、どこかいいところありませんかね？」

よし、なんとか時間稼ぎができそうだ。もちろん、次に切るカードはある。しかしだ、ここのインパクトが強すぎるために、すぐに案内しては、やや印象が薄くなってしまうのではないか、という懸念がある。また、連続して温泉に入ることで、少々飽きが来るというか、贅沢に慣れてしまうというか、温泉自体のありがたみが感じられにくくなるようにも思える。だから、ここでブレイクを入れるというか、変化をつけようというわけだ。

「わかりました。お任せ下さい」

木曽岬温泉から木曽川沿いに北上する。しばらく行って右に折れ、弥富駅を目指す。弥富駅を目指す理由はいくつかある。まず、木曽岬から近いということ。次に弥富駅前には小さいながらも市街地が形成されており、食事をする場所もある、ということ。そしてその一帯には、どこか懐かしい雰囲気が漂っているということ。特にここが重要である。ここをしっかり押さえておかないと、ノスタルジックな気分が途切れてしまい、旅全体にしまりがなくなってしまう。

「ほう、なんだか味のある町だねえ」

弥富駅前に差し掛かった時、後部座席からそんな声が聞こえた。

「この辺りでお食事などされてはいかがかと。何か召し上がりたいものはございますか？　なんでもある、とは行きませんが」

「そうだねえ、ちょっと歩かせてもらおうかな。どうだい？」

「うん、いいね。ぶらぶらしながら、適当な店に入ろうよ」

「そうだね。せっかくだから歩かせてもらおう」

「それもよろしいですね。そちらを右に入って真っすぐ行かれると、近鉄弥富駅に出ます。踏切を越えて、国道一号に出るあたりまでがメインストリートのような感じになっていますので、そちらまで歩かれてはいかがでしょう？　国道一号の少し手前辺り、通り沿いの駐車場に車を入れてお待ちしております。駐車料金が一時間百円程度かかるかと思いますが、よろしいでしょうか？」

「え、一時間百円？　安いね。いいよ。それで頼むよ」

弥富駅前でお客さんたちを下ろし、近鉄弥富駅の踏切を越えてしばらく進み、コインパーキングに車を入れた。やはり、ほのかな懐かしさを感じる町だ。

この懐かしさが、どこから湧いてくるのかを考えてみたことがある。昔ながらの個人商店が残っていることはもちろんだが、もっとも大きな理由は、自転車預り所があちこちにあることではないか、と思う。現在名古屋市内の駅には、コイン式の駐輪場が整備されているところが多い。前輪を金属製の台座に差しこんでロックし、出す時は百円玉を精算機に入れてロックを解除する、あれだ。郊外の駅でも、無料駐輪場や、自治体や鉄道会社が管理する有料の駐輪場が整備されているところが多い。ところがこの弥富駅周辺には、三十年くらい前ならば、郊外の駅前ではよく見かけた、昔ながらの自転車預り所が何軒もあるのである。そう、月極めで契約をしたり、一時預かりならば、お店のおじさんやおばさんに、百円だったか、二百円だったか、直接お金を払って自転車を預かってもらう、あれだ。なぜここに、なぜこんなにたくさん残っているのかはわからないが、すっかり目にする機会も少なくなってしまった今になってみると、自転車を店の中で預かってくれるため、盗難のリスクが低く、雨にも濡れないので自転車も傷みにくいこのシステムが、非常に優れたものであったことに気づく。さらに、パンク修理なども請け負ってくれるところならば、預けている間に直しておいてもらうことも可能だ。この素晴らしいシステムを手放さなかった弥富の人々は、すこぶる賢明であったと思う。

駐車場の目の前にあった喫茶店で素早く食事を済ませ、車に戻りお客さんを待ったが、お客さんたちは随分ゆっくりと食事と散歩を楽しんで来たらしく、なかなか戻って来なかった。

「お待たせ、お待たせ。いやあ、もう腹一杯だな」

「そりゃそうだよ。僕らはもう、若くないんだ。ちょっと食べ過ぎたね」

「そうだねえ。でも、せっかく涼んだのに、今温かいものを食べたから、また身体が温まっちゃったよ。そこにたこ焼きだのお好み焼きだのを焼いている、ちょっと懐かしい感じのお店があるのをみつけてね。そこでお好み焼きを食べたんだけれども、ここまで歩いて来る途中に、うどん屋さんというのか、きしめん屋さんというのか、また良さそうなお店があるじゃないか。せっかく名古屋に来たんだ、名古屋名物を食べようじゃないかと入って、僕は味噌煮込み、この人はカレーうどん、彼はきしめんを食べたんだ。この季節にはぴったりだけれども、腹は一杯になっちゃうし、その上僕らは、温泉で身体の芯からぽかぽかなものだから。どこか涼めるところはないかね？」

今日はそれほど寒くはないが、冬は始まっている。こんな季節に、涼みに出た直後にまた涼みたいと思えるなんて、なんと贅沢なことだろう。温泉と名古屋名物味噌煮込み、恐るべし。急なリクエストではあるが、涼む、ということにおいて、弥富ほど適した町はない。

「お任せください」

と車を出した。

国道一号を東へ向かうとすぐに、田園風景に突入する。秋に稲を刈られ、土がむき出しになっている冬の田んぼの中に、たっぷりと水をたたえた、四角い池が混じっている。金魚や錦鯉の養殖池だ。

国道沿いに建つ、金魚販売店の駐車場に車を入れた。

「ほう、金魚かい」

「ええ、弥富は金魚の生産数および出荷額において、日本一なんです」

「弥富の金魚って聞いたことがあるな。そういえばスペースシャトルに乗って宇宙に行った金魚ってのがいたけれど、あれはたしか弥富の金魚だったね？」

「よくご存じで」

「しかし、金魚を見ながら涼むなんて、季節外れだけれども、ちょっと粋じゃないか」

「そうだね。孫に買っていってやりたいな。どうだろう、家まで持つかね？」

「たしか酸素を入れて二十四時間、お店によっては四十八時間ほど持つようにしてもらえるようですよ。結構遠くからのお客さんも多いみたいですから。室内に置いたりして、急激な温度変化を避ければ大丈夫かと思うのですが、念のためお店の方に相談してみてください」

お客さんを送り出し、また車の中で待つ。金魚には水がつきもの。真夏でも見ているだけで、涼しい感じのするものだ。ましてこの季節。そう長くは見ていられないだろうと思ったのだが、お客さんたちは随分とゆっくり戻ってきた。だが、誰も手に袋を持っていない。

「お買いになられなかったんですか？」

「いや、買ったよ。でも、自宅へ送ってもらったんだ。そのほうが安心だからね」

「そう聞いて、僕も買っちゃったよ。しかし、金魚とは懐かしいね。昔は夏になると、どこの家にもいたもんだが、最近はあまり見かけなくなったな」

「そうだね、夏祭りの金魚すくいですくってきたりね。しかし、結構いい値段のもあるね。

なかなか奥の深い世界なんだろうねえ」

現在においても金魚の愛好家は多く、ランチュウや弥富で交配され誕生した桜錦という品種などには、いい値段がついているようだが、一般の家庭で金魚を飼育することは昔に比べて少なくなった。また弥富は、文鳥の産地でもある。文鳥もやはり昔に比べ、家庭で飼育する機会は少なくなっている。だがこちらにも、根強い愛好家はいる。そういった人々や文化を支えているのが、ここ弥富の人々なのである。

「しかし、さすがに身体が冷えたね。運転手さん、次は温泉に行ってくれる?」

「承知しました」

カードを切るタイミングとしては、バッチリだ。

国道一号をさらに東へ。蟹江町へ向かう。日光川を越えて、西尾張中央道を北へ。信号を一つ越え、ほどなくして左へ入ると、そう、見えてくるのは、尾張温泉東海センターだ。

駐車場に車を入れ、お客さんを入り口まで案内する。顔には決して出ないよう注意を払ってはいるが、心の中では満面の「ドヤ顔」。いかがでしょうか、お客さま。

愛知県下で唯一、日本温泉療法医会名湯百選に選ばれた、この尾張温泉東海センター。もちろん加温、加水、循環、消毒などは一切なしの、源泉百パーセント。まごうことなき、名湯である。名湯百選に選ばれるだけあって、治癒効果も高いと聞くが、隣には尾張温泉かにえ病院があり、その説得力も絶大。いかにも効きそうだ。

ガラス扉の入り口を入ると、すぐに靴を脱ぐようになっている。靴を脱いで段を上がると、その先にもう一枚ガラス扉がある。その上には、大衆演劇の役者の写真がずらりと並べられており、なんともたまらないムードを醸し出している。ガラス扉の向こうでは、なぜか洋服を売っていて、「紳士ものアウター・１９８０円」などといったＰＯＰが掲げられている。その色合い、その調和。なにからなにまで、シブい。残念ながら現在大衆演劇は行われておらず、二階にあった名店街も、併設されていた宿泊施設も営業を終えてしまったが、ここは現在でもなかなかの人気があり、あまりさびれた印象はない。建物は少々レトロだが、かつてのにぎわいを想像して、というよりは、そのかつてに飛び込んだような気分に浸ることのできる場所なのではないだろうか。

「あの、ビールは飲めるのかい？」

「あちらの奥で」

「浴室はどんな感じなんだい？」

「巨大な岩風呂、と申しましょうか、広い浴室内に、惜しみなく岩が使われております。もちろん、露天風呂もございますし、お湯も完璧で、熱めとぬるめ、どちらも楽しめます。なんでもここには、高温と低温の源泉がございまして、それをミックスすることで、お湯を薄めることなく、自在に温度をコントロールできるようです」

「ゆっくりしてきても、いいかい？」

「もちろんでございます。私は車で待っておりますので」

係長、今日も私はやりましたよ。また貸し切りの仕事、くださいますよね？

注1）現在は営業を終えている。

いつかのロマンス

親孝行など、もうどれぐらいしていないだろう。これまで自分のことで精一杯で、親のことなどあまり考えたことがなかった。まだ元気でいるから、特に心配するようなことはないが、もしかしたらおれは、親の元気さに甘えているのかもしれない。

「トランク開けてもらえますか?」

「はい、ただいま」

車いすを降りたお母さまは、右で杖をつき、左手を息子さんに預けている。息子さんは、左手でお母さまの左手を受け、身体を被せるようにして、右手を背中に添えている。ゆっくりと歩みを進めたお母さまが、シートに腰を下ろすと、息子さんは杖を受け取り、脚を持ち上げて車内に収め、手早く車いすを畳んで、トランクに入れた。慣れている。普段から親孝行をしているのが一目でわかった。

「すみません、お手数を掛けまして」

いや、おれは、トランクを開けるためのレバーを引いただけだ。「お手数」だなんて、とんでもない。

「どうぞ、右側からお乗りください」

素早く後方を確認し、右側のドアを開ける。息子さんが乗り込んだのを確認して、ゆっくりとドアを閉める。親孝行には慣れていないおれも、このドアサービスには慣れている。

「最初の行き先は、椿大神社と聞いておりますが?」

「そうです。よろしくお願いします」

三重県鈴鹿市にある椿大神社は、猿田彦大本宮とも呼ばれ、猿田彦大神を祀る全国二千余りの社の本宮として知られているが、縁結びにご利益のある神社としても有名である。わざわざ名古屋から鈴鹿までタクシーを飛ばしてゆくのだから、きっと何か大切なお願いごとでもあるのだろう。猿田彦大神と聞いてまずピンと来るのが、家を新築する際に行う地鎮祭。新しく家を建てるのだろうか。それとも息子さんが良縁に恵まれるようにとのお願いだろうか。結構いい歳であるようだが、晩婚化の進んだ現代。こちらもあるかもしれませんね。

東名阪自動車道に乗って、鈴鹿インターへ。インターから椿大神社までは五分といったところか。名古屋市内からでも、渋滞がなければ四十〜五十分で着く。ところが公共交通機関を利用した場合、近鉄の名古屋駅から四日市駅までが、特急を利用しても三十分弱。そこから二時間に一本程度しか出ていない三重交通のバスに、五十分ほど乗らなくてはならない。他にも名古屋からなら乗り換えが必要な近鉄平田町駅や、近鉄に比べて、停車する列車の本数がかなり少ないJR加佐登駅から、鈴鹿市のコミュニティバスが一時間に一本程度出ているが、こちらも乗車時間は四十〜五十分。そのため、車での参拝者が多いのだろう、広い無料駐車場が用意されている。初詣の時期や御祭事のある日でもない限り、駐車場に困ることはないはずだ。時間に余裕のある方や、旅の風情を味わいたい方なら電車とバスを乗り継いでくるのもいいだろうが、車で来た方が圧倒的に便利である。

大きな駐車場の前を通り過ぎると、突き当たりに鳥居と、交通安全の祈祷が行われる、獅子堂が見えてくる。左右に別れる道を左に進み、緩やかな坂を登って本殿のすぐ脇にある駐車場に車を入れた。ここは身体の不自由な方のための「おもいやり駐車場」になっていて、本殿の前まで車いすでも通れるスロープが続いている。

「こちらからなら、車いすでも大丈夫です。トランクを開けますね」

「すみません。さあ、母さん、行こう」

息子さんが明るくそういっているのに、お母さまの顔は沈んでいる。なにか、お気に召さないことでもあるのだろうか。

「あの、もし、何かございましたら、遠慮なく申しつけてください。できる範囲内で努力いたしますので」

「いいんですよ。年寄りのわがままなんだから。さあ、母さん。せっかく来たんだから、ね？」

運転手さんに迷惑が掛っちゃうでしょ？」

「迷惑だなんてとんでもないです。あの、おっしゃっていただければ、本当になんでもやりますんで。お母さま、いかがなされましたか？」

やはり最近のおれは、コンシェルジュ化が進んでいるようだ。大変だが、お客さんの要望に応えることに、やりがいのようなものを感じ始めている。

「わたし、こんな横っちょからじゃなくて、ちゃーんと鳥居くぐって、参道から参りたいんだわ」

「ああ、そうですよね。こちらの参道はとても雰囲気がよろしいですもんね」

この椿大神社の参道は、長い階段などなく、下の鳥居から本殿まで、なだらかな坂が続いている。それでも所々に段差があったり、砂利が敷かれているために車いすでは通りにくい。でも、男が二人いるのだ。やってやれないことは、ないんじゃないだろうか。

「母さん、駄目だよ。昨日もいっただろう？　あんまりわがままをいっちゃいけないって」

名古屋からここまで走って来る間、ほとんど親子の会話はなかった。物静かな方たちなのだろうと思っていたが、もしかしたら、昨晩にでもこういった会話がなされていて、お母さまが少しがっかりされていたのかもしれない。

「ここの坂はなだらかですし、砂利もそれほど深くありません。男二人でサポートすれば上がれるんじゃないでしょうか。充分に注意を払えば大丈夫かと」

「しかし、運転手さんにそこまでご迷惑をおかけするのは……」

「大丈夫ですよ。せっかくのご縁ですし」

お母さまの顔がパッと明るくなった。

それにしてもこの息子さん、なんと慎み深い方だろう。最近は、こっちは客だぞ、とばかりに過剰なサービスを要求されるお客さんもちらほらいる。車いすのお手伝いをすることぐらい、人としても当然のことだろうし、タクシーを一日借り切って下さる上客であるにもかかわらず、このような態度。

車を下へ戻し、獅子堂の前でお二人を下ろした。「お待ちくださいね」と声を掛け、車を駐車場へ入れて戻ると、お二人は鳥居の前で、奥へと続く参道を感慨深そうに見つめていた。きっとなにか、思い出があるのだろう。聞いてみたいが、ここは遠慮すべきだ。お客さんとドライバー、あまりずかずかと距離を縮めても、失礼になる。

「参りましょうか」

お手伝いをします、などといったものの、ここの砂利は細かいし、坂もなだらか。手なれた息子さんが車いすの前輪を少し上げ気味にして押すだけで、結構進んで行く。おれといえば「そろそろ交代しましょうか？」と横から声を掛け、「まだ大丈夫です」と答える息子さんのにこやかな顔を見ながら、申し訳ないような気持ちを膨らませているだけだ。いくらなだらかだといっても坂道。おまけに砂利道。平坦な舗装路で車いすを押すよりは大変なはずなのに、息子さんは少しもつらそうな素振りを見せない。おれの出番は、参道の途中や本殿の前にある短い石段で、お母さまを乗せたまま、息子さんと一緒に両脇から車いすを持ち上げるぐらい。おれが役に立たない、というよりは、息子さんの車いすの操作が、格段に優れているのである。

参拝を済ませた後は、本殿のすぐ脇にある、別宮椿岸神社へ。こちらには主神として、猿田彦大神の妻である、天之鈿女命が祀られている。この天之鈿女命、天岩戸に隠れてしまった天照大神を誘い出すために、集まった神々の前でエロティックな踊りを披露して笑いを取り、岩戸を少し開けさせた、という神話でおなじみだ。そのためかおれには、セクシーな女神様、というイメージがある。そう思って見るとこのお社も、妙につやっぽい感じがするから不思議だ。

「ありがたいねえ。おかげさんで、ずっと夫婦円満でおられたんだでねえ」

お参りを終えたお母さまがぽつり。なんだか妙に胸に沁みた。

車に戻り、次の目的地へ。名古屋から椿大神社までの道のりでは、ほとんど言葉を発することのなかったお母さまが、積極的に話をしてくれた。

「わたしたちはね、あそこで結婚式を挙げたんですよ」

「そうなんですか。思い出の場所なんですね」

「お父さんは本当にいい人だった。あんな人、他には絶対おらんと思うよ。あの参道を二人きりで歩いてねえ。お父さんがね、時々、つらくないかい、っていってくれるんだわ。あんなところぐらい、つらいわけはないんだけど、そういってくれるのが嬉しくってねえ」

「お二人だけで、結婚式を挙げられたんですか？」

「ほうだよ。うちで反対されとったもんで。結婚式といってもね、ちゃんとしたあれじゃないだよ。ちょっとお賽銭はずんで、並んでお参りして、二人で誓いを立てただけ。花嫁衣装もなんもない。ちょっとおしゃれはしとったけどね。なにしろ、好きな人と逃避行をするんだで。でもわたしは、それで幸せだったんだわ」

ほう、愛の逃避行か。お母さま、なかなかやりますな。

世の中には、あたり前に夫婦の顔をして、向かい合って食事をしたり、ブーブー文句を言い合ったりしている人たちが沢山いるが、その中に時々、大恋愛の末に、なんてカップルが混ざっているのだから、やはりこの世は面白い。

そんなことを話しているうちに、次の目的地である亀山市に着いた。亀山市は亀山城下の亀山宿をはじめ、関宿、坂下宿と三つの宿場町を持つ、街道の面影を色濃く残す町だ。観光ならば、まずは亀山城や宿場町なのだろうが、目的地として指定されたのは、ＪＲの亀山駅である。

「とりあえず、ロータリーに入れればよろしいですか？」

「そうだねえ、いっぺん駅の前に着けてもらわあか」

亀山駅のロータリーには、地元のタクシーが何台か停まっている。そこに名古屋ナンバーのタクシーが入って行くのは、なんとなく気が引ける。別に気にすることはないのだ。こちらはお客さんの要望通りに車を走らせているのだから。しかし、なんとなく。気にする必要はないのだけれど、なんとなく。

「あれえ、どっちだったかなあ。昔とは変わってまっとるだろうしねえ」

「母さん、覚えてないの？」

「駅から歩いたのは覚えとるんだわ。多分だけどが、あっちへ歩いて行ったと思う」

どこか思い出の場所を探しているのならば、あそこにいる地元のタクシードライバーに訊いてもいいのだが。よそ者であるとはいえ、同じタクシードライバー。きっと教えてくれるはずだ。

「どこかお探しなんですか？　お店とか、旅館でしたら、ちょっと訊いてきますが。なんてところでしょう？」

「旅館なんだけど、名前を覚えとらんの」

「そうですか。困ったな」

「ほら、また運転手さんに迷惑を掛けて」

息子さんはいい方なのだろうが、少々細かいことを気にしすぎ。お気づかいはもちろんありがたいのだけれど、気にしすぎ。

「いえ、目的の場所を探すのも、タクシードライバーの仕事ですから。駅からどれくらい歩かれましたか？　古い旅館でした？　それとも新しい旅館でした？」

「なにしろ昔のことだでねえ。あんまり覚えとらんねえ。古いか新しいかといわれてもねえ、中ぐらいじゃないかねえ」

「母さん、中ぐらいじゃわからんでしょ」

「いやいや、わかりますよ。江戸時代から続いている旅籠のようなところでもなく、新しいビジネスホテルみたいなところでもなく。駅前旅館とか、商人宿みたいなところ、ということですかね？」

「そうそう、わたしはそれがいいたかったの。あのね、あの人と名古屋の家を出て、椿大神社でお参りして、それからもあちこち道草くっとったもんで、ここにきたらもう夜になっちゃっとってね。どこかこの辺の旅館に泊まったの。まあ、暗かったもんで、町の様子もあんまりねえ」

「旅館の名前も忘れちゃったんだろ？　もうあきらめやあ。その旅館だってまだあるかわからんし、ここに来て、なんとなく当時のことを思い出せただろう？　充分だが」

「ああ、お父さんが生きとったらな。きっとすぐわかっただろうし、あんたにそんなこといわれんでも済んだのに」

親子げんかが始まってしまいそうだ。ここはおれが、なんとかしないと。

「まあ、あの、とりあえずこちらを起点にぐるぐる回ってみましょうか。記憶がよみがえるかもしれませんしね」

町の中心である駅の北側をあちこち走り回ってみる。県道を北上したり、旧街道に入ったり。お母さまは「う～ん」と時々声を発するばかりで、一向に思い出す気配はない。息子さんはいらいらしている様子。おれは車を走らせるのが仕事だし、旧街道沿いなどは道幅も狭く運転に気を使うが、古い町並みを走るのは楽しい。このままずっと走り回っていたいぐらいだ。

「大きな旅館でしたか？　小さな旅館でしたか？」

「大きかったかなあ、小さかったかなあ、中ぐらいだったかもしれんなあ」

「また中ぐらいか。いい加減にしろよ、母さん。もうあきらめやあて」

なかなかきついいい方をするな。でも、いつもお母さまの世話をしている孝行息子。向かい合う時間が長くなれば長くなるほど、物のいい方にも遠慮が無くなるし、いらいらすることも多くなるのだろう。それでも母と向き合い続ける、それは恐らく尊いこと。「たはむれに母を背負ひてそのあまり軽きに泣きて三歩あゆまず」という石川啄木の短歌があるが、ああいうことをいえるのは、日頃はさほど気にかけていない母を、ほんの気まぐれで、たわむれに背負うからである。この息子さんからすれば、「母ちゃんの軽さなんて、とっくの昔にしっとるわ！」となるに違いない。

「そんな風にいわんでもいいがね。わたしとお父さんが初めてキッスをしたところだよ。大事な場所だがね」

「そんな大事な場所だったら、ちゃんと覚えとけや」

「そんなもん、初めてのキッスで、頭がボーッとなっちゃっとったんだで、仕方がないでしょう」

なるほど、それは頑張って探さないと。かつてこの亀山で、若い二人の愛が、静かに、暖かく、そして頼りなく、燃えていたのだ。そう、それはまるで、カメヤマローソクの炎のように。その場所を見つければ、きっと美しい思い出が、色鮮やかによみがえるだろう。シャープアクオス亀山モデルの、液晶画面で見るように。

ルームミラーで息子さんの表情を確認する。複雑な心境が顔に現れている。両親のそういう話を聞くのは、まあ、その、なんというか、ね。わかりますよ、その気持ち。

結局、探していた旅館は見つからなかった。お母さまの記憶が曖昧で、しぼりようがなかったのだ。しかし、一時間近く亀山駅の辺りを車でうろうろしたことで、お母さまもあきらめがついたよう。

「雰囲気だけでも味わえたもんで、まあええわ」

「すみません」

「別に運転手さんが悪いじゃないだで。わたしがちゃんと覚えとらんかったのが悪いんだで」

仕方がなかったのかもしれないが、出来ることなら見つけて差し上げたかった。

「次は、津ですね」

「そう、津」

つ。おそらく日本で、いや世界で最も短い名前を持つ街、津。おそらく日本で、いや世界で最も短い名前を持つ駅、津駅。おそらく日本で、いや世界で最も短い名前を持つ市役所、津市役所。恐らく日本で、いや世界で最も短い名前を持つ……、きりがない。やめとこ。

このように津は、日本で、いや世界で最も短い名前を持つ街だが、いわゆる平成の大合併によって、久居市、安芸郡河芸町、芸濃町、美里村、安濃町、一志郡香良洲町、一志町、白山町、美杉村と一緒になり、一挙に南北に長くなった。三重県の県庁所在地であり行政機関などが集中しているが、人口は四日市の方が多く、アメリカでいうならば、ワシントンとニューヨークといった感じだろうか。

三重のワシントン、津。

「津はまず、どちらへ着けましょう?」

「そうだねえ、まずは大門の商店街へいってもらわあか」

「承知しました」

亀山市街から伊勢関インターへ。伊勢自動車道を通って、津インターへ。県道42号を南東方向へ真っすぐ、国道23号を越えたあたりに大門大通り商店街はある。

近くのコインパーキングに車を入れ、お母さまを車いすに乗せて、旧伊勢街道から商店街に入る。もちろん車いすを押しているのは息子さんだ。例によっておれは、後ろをついて歩くだけ。ふと気がつくと、揉み手をしていた。手持ち無沙汰であることは間違いないが、お母さまとしても、息子さんに押してもらった方が嬉しいだろう。無理に出しゃばることはない。

「随分と変わってまったねえ。昔はもっとにぎやかだったんだけどね」

「そりゃそうだろ、母さん。時代の流れだよ」

昔ながらの商店街の多くは、大体どこもこんな感じだ。平日なので定休日の店もあるのだろうけれど、シャッターの閉まっているところも多いし、買い物客らしき人もほとんど歩いていない。見慣れた地方都市の光景である。通りの突き当たりには、津観音寺がある。名古屋の大須、東京の浅草と同じ、観音さまの門前。かつてはここも相当なにぎわいを見せていたのであろうと想像する。また、現在においても立派なアーケードが維持されており、通りに素敵なからくり時計が設置されていることを見ても、津の人々にとってここが大切な場所であることがわかる。

「あのね、運転手さん、わたしんたち、この近くに住んどったの。この子が生まれたのも、この辺なんだわ」

愛の逃避行の末に、ここ津に居を構えた、ということだろうか。

「新婚時代、ですか？」

「そう。愛の巣。ぅひょひょひょ」

嬉しそうに笑っていらっしゃる。息子さんは無表情。武者小路実篤ではないが、「仲良き事は美しき哉」。夫婦仲の良いことは美しいことだと思うが、まあ、息子さんのその気持ち、わかりますよ。

「お父さまとお母さまは、仲がとてもよろしかったようですね」

ここはあえて息子さんに突っ込んでみる。一人で受け取れば気まずいような話でも、二人で広げれば笑い話になるかもしれない。

「まあ、そうですかねえ。息子から見ても子どもみたいな二人でしたよ。特に母は、父がいるといつもウキウキしていたような。父の帰宅する前にはいつも、お化粧を直したりして」

「そんなこと言わんでもええがね。恥ずかしいわ、わたし」

「いいじゃないですか。素敵だと思いますよ」

ショッキングなニュースが世の中にはあふれている。定年後の夫にストレスを抱く妻の話や、熟年離婚の話なども。しかし、幸せな人の話というのは、なかなか耳に入って来ない。それは恐らく多くの人にとって、他人の幸せより、他人の不幸の方が面白いからだろう。インターネットや週刊誌、テレビのワイドショーでも、あまり取り上げられない。だから、こういった話は貴重なのだ。幸せになりたければ、不幸な話を聞くより、幸せな話を聞いた方がいい。悪い手本を面白がってばかりいて、良い手本を見ようとしなければ、人生はきっといつまでたってもうまく行かない。悪い手本からも失敗を避けるすべを見出すことはできるかもしれないけれど、良い手本から学べることは、もっと多いはずだ。

「なんだか、見ているこっちが恥ずかしくなるようなこともありましてね。父は時々花を買ってきて、玄関でひざまずいて母に渡すんです。結婚記念日でも、誕生日でもないのにですよ。王子さまとお姫さま、みたいな気持ちだったんでしょうかね。横から見ている分には普通のおじさんとおばさんなんだけど」

「何をいっとるの、あんたもこの間、同じようなことをやっとったがね」

「へえ、そうなんですか。お父さまから受け継がれた伝統、ですかね？」

「いやいや、あの日はたまたま結婚記念日だったもんで。まあ、父のことは尊敬していますけど……」

家族にはそれぞれ、歴史がある。伝統もまた。美しい思い出となるような歴史や、よき伝統ばかりではないにしろ。ただ、時間は家族を巻き込んで流れてゆき、その流れは確実に何かを生み落としてゆく。その中には忘れてしまいたいものもあれば、拾い上げて、磨き上げて、再生して、大切にしたいものもある。その時はくすんだガラス玉のように思えたものでも、磨きあげれば宝石であったことに気がつくことだってあるかもしれない。思い出は美化されるものだとよくいわれるが、磨きあげることをそういうのであれば、その作業は決して不毛でも、つまらないことでもないのではないだろうか。磨きあげる者は、磨きつつそれをいつくしみ、後でそれを見る者は、その美しさに感嘆していればよいのではないだろうか。もしそれが下らないことであるのならば、生きるということもきっと下らない。時間に巻き込まれながら偶然のように生み落とされたもの、それこそが人の歩いた道であり、その人そのものではないのだろうか。

街を一回り、最後に観音さまにお参りして、大門を後にした。次の行き先は、海である。

「どの辺りに着けましょう？」

「阿漕浦ってわかる？」

「ヨットハーバーや、海水浴場があるあたりですね」

「よう知らんけど、多分そうだわ。ちょっとあのへん、車ですーっと行ってみて」

「わかりました」

県道42号をさらに進む。突き当たりにはセントレア行きの船が出る港があるが、そこまでは行かずに手前を南へ曲がって、岩田川を渡る。渡ったらすぐ右折。津のヨットハーバーが見えてくる。

「そこの海沿いをずっと行ったって」

「はい」

ヨットハーバーを素通りし、堤防の上の道を走る。ここは極力ゆっくり行くべきだろう。安全運転はもちろんだが、お母さまは思い出に浸りたいのだ。

「お父さんとはね、ここをよく散歩したんだよ。お金はあんまりなかったけど、海を見とれば、タダだもんね。ああいうとこに座って、ずっと話ししてね。ようあんだけ、しゃべることがあったわ。ええな、若いって」

ルームミラーで後方を確認する。後ろから車は来ないな。前からも大丈夫だな。さらに速度を落とす。

「そういえば、どうして名古屋に戻ったんだっけ。おれ、はっきり聞いたことなかったかもしれんなあ。小さかったもんで、津で生活しとったこともほとんど覚えとらんし」

「そういえば、あんまり話さんかったかもしれん。いいことばっかじゃ、なかったもんで」

ゆっくり車を走らせていたつもりだったが、あっという間に御殿場海水浴場に着いてしまった。ここから先は車が通れないようになっていて、海沿いから逸れるしかない。しかし、夏の海水浴客のためだろう、堤防のすぐ下に津市営の無料駐車場がある。

「すみません、ここから先は通れないので、そちらの駐車場に入れてよろしいでしょうか。ここなら車いすでも通れそうですし」

「そうですね。母さん、そうしようよ。車の中より、実際に海の風に吹かれた方がいいだろう？」

「そうだねえ。じゃあそうしてもらわあか」

冬の海風で風邪など召されてはいけないが、暖かそうな上着もお持ちだし、ブランケットもお持ちだ。ここに来るまでに寄った、椿大神社、大門の商店街。初めからお二人は、外を歩くつもりで準備をされている。

駐車場に車を入れて、車いすを組み立て、堤防の上へ。夏は海の家として使われるはずの、無人の建物が並んでいる。夏の営業が始まる前に毎年手入れをしているのだろう、海辺にありながら建物はあまり傷んでいないが、妙に寂しい感じがする。どの建物も、今すぐにでも使用できそうなのに、ほんの昨日まで使われていたようなのに、まったく人気を感じない不思議な光景。おれたち三人だけが時間から取り残されてしまったような、あるいは世界の裂け目に迷い込んでしまったような、心細い錯覚に陥りそうになる。

「冬の海は静かでいいね。寒いのもまた、いいもんだよ。好きな人とひっついとりゃ、もう天国だわ」

「さっき母さん、いいことばっかじゃなかった、っていっとったよね。でも、好きな人とひっついとりゃ天国だったっていうなら、いいことばっかだったたんじゃないの？」

おれ自身、それほど激しい恋愛をしたことはないが、これまでのお母さまの話から、息子さんと同じような印象を持っている。もしかしたらそんなのは、映画や小説の中だけでの話なのかもしれない、とも思うけれど。

「そりゃ、いいことが多かったけど、悪いこともあったんだわ。お父さん、無理しとったもんね」

「そういや父さんって、こっちで何やっとったんだっけ。ああ、酒屋さんで配達やっとったって聞いたことあるわ。ようあんな痩せた身体でやっとったねえ」

お父さまは酒屋さんで配達の仕事をしていたのか。恋愛映画や恋愛小説では、主人公が大恋愛の末に、あるいは数多の障害を乗り越えた末に、意中の相手と結ばれたところで、「ＦＩＮ」とか「完」とか「了」となるが、その後には長く退屈な生活が待っているはずだ、というのは、よくいわれることである。するとやはり恋愛は、一時的な情熱の高まりに過ぎないのだろうか。結ばれるまで、または結ばれてからしばらくの間だけが天国で、その後は延々と消化試合のような日々が流れてゆくだけなのだろうか。でも、このご夫婦は、いつまでも仲が良かったと聞いた。映画や小説にはなりそうになくとも、幸せな生活が続いていたと信じたい。

「だもんで、いつも腰が痛い、肩が痛いってね。お父さんってお坊ちゃん育ちだし、本を読んだり、音楽を聞いたり、色んなことを知っとったけれども、そう身体は丈夫じゃなかったでしょう。そもそも務まるはずがなかったんだわ。でも、あんたも生まれたし、食わせならんって、頑張っとってね。そんでわたしは決心しただよ。名古屋に戻ろうって。名古屋に戻って店を継ぎゃあ、跡取りとして、何不自由ない暮らしができるんだで」

「でも、反対されとったもんでこっちへきたんでしょう。戻ったって許してもらえるとは決まっとらんし、よく決心したね」

そう、そこなのだ。おれもそこについて質問したかったのだ。息子さん、いいところを突いてくるな。

「お父さんは絶対に戻らん、といっとった。だもんでわたしがあんたと二人で戻って、おじいさんとおばあさんの前に手をついて、なんとかお父さんを戻してくれ、わたしは身を引きますで、っていったの。お父さんのこと好きだったけど、あのまま無理しとったら、いつか病気になっちゃうかもしれん、と思ったもんね。だったらわたしは、つらいけれども、おらんくなったほうがいいと思ったの」

なんと純粋で、真っすぐな愛情だろう。お父さまがなぜ、親の反対を押し切ってまでお母さまと一緒になろうとしたかが、わかったような気がする。

「でも、結局じいちゃんたち、許してくれたんだろ？」

「ああ。あんたのおかげだわ。跡取りの跡取りがもうできとるんだで、おじいさんもおばあさんも、安心したというか、嬉しかったんじゃないかね」

子は鎹というし、孫の顔を見れば、というのはあるだろうけれど、おじいさまとおばあさまは、その時のお母さまの行動に胸を打たれた、というのが真相なのではないだろうか。もちろん今となっては、確かめるすべはないけれど。

両親が結婚を反対する理由というのは、色々あるだろう。相手があまりにも自堕落な生活をしているために、将来に不安があるとか、暴力的であるとか、自己中心的で思いやりがないとか。そこまでではなくとも、なんとなくいけ好かないとか。しかしこれらはきっと、このお母さまにはどれも当てはまらないはずだ。あくまでも想像だが、昔のこと、他に許嫁があったとか、家柄がどうだとか、ロミオとジュリエット的に家と家の間になにか障害となるものがあったとか。現代的な考え方では、どれも下らない理由であるように思えるが、こういった価値観が構築される過程においては、お母さまたちのような方々の、闘いがあったのであろうことは、想像に難しくない。これも様々な人たちが、時間に巻き込まれ、流れてゆくうちに、生み落としたものであるといえるはずだ。

「でも、そんだけ苦労したのに、なんで母さんはおれたちの結婚に反対したの？」

ほう、そうなのか。意外だな。

「さあ。なんでだろうね。きっと、なんか面白くなかったんだわ。別に悪い人だとは思やせんし、しっかりした人だとは思うけど、なんだろうね、なんとなく嫌だったんだわ。でもね、親にちょっとぐらい反対されて、さっさとあきらめるぐらいなら、初めっから一緒にならん方がええの。ねえ、運転手さん？」

「そ、そうかもしれませんね」

いや、どうなのだろう。人はそれぞれ。素直な方なら、親のいうことを聞いて、あきらめてしまうかもしれないし、そんなことでは長い結婚生活、うまくやっていけないような気もするし。まあ、人生には困難がつきものですからね。最初に立ちはだかった障害ぐらい、ひょいと乗り越えなければいけないのかもしれませんね。いや、でも、どうなんだろう。わからない。やはり、人それぞれではないのでしょうか。

舞台となった街

中村区

日曜日の乗務

上：向野橋より名古屋駅方面
中右：駅西銀座
中左：中村の大鳥居
下：太閤通口タクシー乗り場

連載を始めて、最初に書いたのが中村区だった。名古屋の玄関口、名駅のあるところ、という単純な動機だったのだが、最初にここを選んでよかったと思う。

中村は、名古屋がギュッと凝縮されたようなところだ。正確に言うならば、古き良き名古屋、だろうか。小説には書き切れなかったが、駅西銀座には年配の女性向けの洋服店があり、「ほう、名古屋のおばあちゃんたちはこういうお店で服を買っているのか」と勉強になった。その後もあちこち回るうち、昔ながらの商店街にはそういったお店がちょこちょこあることに気がついたが、あれは新鮮な発見だった。

また、中村界隈では、豊臣秀吉が随分大切にされていると感じた。私の生まれた岡崎市は、思い切り家康だ。秀吉と家康は歴史の上でも色々あり、関係も複雑だが、あちこちに「太閤」と名のつく場所やものがあるのを見ると、妙な親しみを感じる。私の町岡崎にも、やたらと「葵」とつく場所やものがあるからだ。歴史上の人物を大切にする方法には、ある種のパターンがあるのだろう。

もう一つ書き切れなかった場所に、向野橋がある。黄金跨線橋の一つ東側にある陸橋だ。中村区と中川区をつなぐこの橋は、近鉄名古屋線、ＪＲ関西線、ＪＲ東海名古屋車両区の引き込み線の上を一気に渡ることが出来、車両区の様子や名駅方面のビル群が眺められる素晴らしい場所なのだが、残念なことに自動車の通行が禁止されている。タクシードライバーを主人公とする小説では書きにくい場所だ。どうやって主人公をタクシーから降ろそうかと散々考えたが、いいアイデアが思いつかず、泣く泣くあきらめた。

千種区

山あり、谷あり、そして丘あり

上：千種駅
中：よし川ビレッジ付近
下：今池
右：千種駅付近の広小路通

◇◇◇◇◇◇◇◇◇◇◇◇◇◇◇◇◇◇◇◇◇◇◇◇◇◇◇◇◇◇◇◇◇◇

私が千種区で最もお世話になった街は、今池だろう。音楽をやっていた若いころは、今池のライブハウスに出ていたし、ライブの後にはあちこち飲み歩いた。今池のユニーはピアゴに変わり、ダイエーはイオンになった。もう今池のダイエーでダイエースプレーを買い、髪を逆立てることも無くなったけれど、今でも今池を歩いていると、なんだか心が落ち着く。空気というのだろうか、匂いというのだろうか。極めて個人的な感覚なのだけれど、今池は東山線のホームに立った時に、ふんわりと漂ってくるあの匂い。あれが最もよく似合う街であるように思う。

今池は千種区の西側にあるが、千種区の東側には丘が広がっている。具体的には池下の東側だ。あちらは私がタクシードライバーをやっていた頃に、随分お世話になった。小説に出てくるよし川ビレッジへのお客さんだけでなく、栄、錦三方面から酔客を、自由ケ丘やら、月ケ丘やら、霞ケ丘やら、希望ケ丘やらの丘へ運んだ。

姫ケ池通1の交差点から、自由ヶ丘3の交差点へ至る道、これを当時勤めていたタクシー会社の同僚たちは、「お墓の道」と呼んでいた。日泰寺の墓地を抜けて行くので、そう呼んでいたのだが、これはお客さんにルート確認をする際にも、「お墓の道でよろしいですか?」と言うと、大概通じた。もう少し先には、もっと多くの墓地を有する平和公園があるのだけれど、そちらはそう呼ばなかった。なぜだろう、と思っていたのだが、きっと平和公園の中には墓地の間を抜けてゆく道が沢山あるので、どの道のことを指しているのかがわからなくなるからだろう。ちなみに平和公園は、昼寝をするのによいスポットであった。自然は豊かだし、何より静かだ。

東区

父子が如く

上：ナゴヤドームタクシー乗り場
左：ナゴヤドーム前矢田駅出口
右：プライムツインより

野球は筋書きのないドラマである、最近はあまり聞かないけれど、かつてはよく聞いた台詞だ。その台詞について、まったく異論はないのだが、筋書きのないドラマというのは、何も野球のみに当てはまるものではない。

誰かと誰かが行動を共にする。まして知らない者同士。ここに筋は描きようがない。もちろん、ああしよう、こうしようという計画や作戦は立てられる。筋書きのようなものもイメージするが、それはあくまでもイメージだ。結末がどうなるかまでは、予め決められない。予想通りに行くこともあれば、思わぬ結末に至ることもある。だからナゴヤドームにはいつでも、筋書きのないドラマが生まれる。野球以外でも。

二十代の頃、空調用のダクト工事を請け負う会社で働いていた。そこには五年近くいたのだが、その間にナゴヤドームが建設され、私もその現場で働いた。工場で作ったダクトを搬入する際に、現在グラウンドになってるところを、二トントラックで走ることもあった。屋根が出来上がり、ドームのおおよその形が見えてくるようになると、リリーフカーを運転しているような気分になった。きっとドームの完成後、野球を観にきて、リリーフカーが登場するたびに思い出すのだろうなあ、と思っていたのだが、ナゴヤドームでリリーフカーは使用されていない。しかし、そんな体験を出来たことは、幸運であった。今でも野球を観に行くと、あの頃のことを思い出す。

実は東区を書くにあたって、あちこち車で走り回ったり、車をコインパーキングに入れて、何時間も歩き回ったりもした。東区は名古屋十六区の中でも、わりと小説に書きやすそうな場所が沢山あった。それでも結局ナゴヤドームを舞台としたのは、工事現場で働いた思い出と、中日ドラゴンズへの愛情からだろう。やはりナゴヤドームは私にとって、特別な場所なのである。

北区

ミッドナイト・ナポリタン

上右：レストラン喫茶かゝし
上左：鉄板ナポリタン
下右：黒川駅前
下左：黒川インター付近

名古屋は喫茶店の多いところ。昔ながらの喫茶店だけにとどまらず、コメダ、コンパル、支留比亜など、名古屋発祥の喫茶チェーンも数多い。最近では洒落たカフェもあちこちに出来ているし、今後も名古屋の喫茶店文化はますます発展していくだろう。

そんな名古屋の喫茶店文化を代表するものの一つに、鉄板ナポリタンがある。私もタクシードライバーをしていたころは、色んなお店のものを食べた。作り方はどのお店にも大きな違いはなさそうだし、具材もほぼ同じ。それでも微妙に味が違う。ケチャップが違うのか、それともちょっとソースを混ぜる、といったような工夫をしているのだろうか。お店によっては日によって、味の違うところもある。不思議なものだが、ナポリタンを味わう場合、どんな味付けであるかより、今ナポリタンを食べたいか否か、ということのほうが重要であるように思う。ナポリタンはナポリタンであればいい。もちろん、一定の水準はクリアしているものとして。

小説に書いたお店は、城見通沿い、北区と西区の境近くに実在する。食事のメニューがかなり充実しているので、喫茶店というよりはレストランと呼んだほうがいいのかもしれないが、喫茶店のようにコーヒーを飲みながら、ゆったりすることも出来るお店である。駐車場にはタクシーがよく停まっている。私もタクシードライバー時代には時々寄った。真夜中でも早朝でも昼下がりでも、人のぬくもりを感じられる場所というのは貴重だ。

黒川駅の近くで働いていたこともある。その当時は他にもあの辺りに、行きつけの喫茶店が何軒かあった。中でも面白かったのは、メニューに冷麦とあるのに、昼時は「忙しいから」と決して注文を受けてくれず、日替わりランチを半強制的に食べさせる店。会社を辞めるまで何度も通ったが、結局その店では最後まで冷麦を食べられなかった。

西区

天然レトロ

上：上小田井駅
左中：明道町にて（駄菓子問屋）
左下：明道町にて（駄菓子問屋）
右：自動車学校銀座

二十代の頃に七年ほど、西区に住んでいた。結婚をしたのも西区に住んでいた頃だし、息子が生まれた病院は、庄内緑地公園駅の近く、すなわち「自動車学校銀座」と書いた辺りだ。息子が生まれる前日も、妻と二人で庄内緑地公園を散歩した。ゆっくりと、ぶらぶら歩いていたのだが、その日に限ってなぜか、四つ葉のクローバーが何枚もみつかった。するとその日の夜に陣痛が始まり、翌朝息子が誕生。人生において最も幸せな日が訪れた。幸運のクローバーなんて迷信に過ぎない、と思うし、予定日を一週間ほど過ぎていたので、いつ生まれてもおかしくはない状況ではあったが、四つ葉のクローバーが幸せな気分を盛り上げてくれたことは間違いないし、そのこと自体が幸運であったと思う。それ以降庄内緑地公園は私の中で、「幸運の名所」となった。

また、小説にもちらりと書いた円頓寺の商店街。七夕祭りで有名だが、私は円頓寺の金毘羅さんで引ける、名古屋弁おみくじをとても気に入っている。名古屋弁で書かれた、現在の運勢やそれに対するアドバイス。優しいおじいちゃんやおばあちゃんに、人生相談をしているような気分になれる。それから、私だけだろうか、あのおみくじは、大吉の出現率が非常に高いような気がする。ここ一年ぐらいで三回ほど引いたが、すべて大吉だった。その前は吉であったと記憶しているが、そのまた以前には、大吉が何回か連続して出ていた。

円頓寺の商店街にしろ、明道町の駄菓子問屋街にしろ、昭和レトロな雰囲気を味わうにはうってつけの場所だ。そこで名古屋弁おみくじを引く。そこに書かれているのは、古風で美しい名古屋弁。最近は随分、名古屋弁も薄まってしまったと思う。街並みも言葉も時代と共に変化してゆくものだが、時々は過ぎてしまった時代を懐かしんでみるのも、悪いものではない。こんなことを考えるのは、私が歳を取ったからだろうか。

中区

金の金曜日

上：金山駅付近（北口）
中左：錦三丁目
中右：名古屋テレビ塔
下：金山駅付近（南口）

日本の真ん中にある都市名古屋の、さらに真ん中にあるのが中区だ。もちろん地理的にだけではなく、中区は名古屋の経済や行政の中心でもある。

中区と聞いて、多くの方が最初に思いつくのが栄だろう。文字通り、名古屋市内で最も栄えている場所だ。では、栄といったら何か。デパート、地下街、テレビ塔、といったところではないだろうか。ここで注意しなくてはならないのが、オアシス21である。よく「栄のオアシス」と言われることがあるが、厳密に言うとあそこは栄ではない。住所は東区東桜一丁目。さらにややこしいことに、オアシス21の地下には、栄バスターミナルがある。栄バスターミナルは中区栄ではなく、東区東桜一丁目にあるのだ。もっとややこしいことを言おうか。東区東桜一丁目は、中区のすぐ東隣、つまり、東区の西の端にある。東区東桜一丁目、といういかにも東にありそうな地名を持ちながら、なんだよ、東区は東区だけど、一番西側じゃねえか、と言いたくはなるまいか。また、空港線と国道１５３号の間の広小路沿いには、中区東桜というところがある。こうなるともう、なにがなんだか訳がわからない。したがって、オアシス21はざっくりと栄、としたほうがわかりやすいように思う。そして、テレビ塔。栄のシンボルのようなイメージだが、残念ながら住所は錦三丁目。中区ではあるが、栄ではない。オアシス21をざっくりと栄とすることについては、最寄駅が地下鉄東山線の栄駅であり、地下に栄バスターミナルがあることから、まあ、仕方ないか、と思う。しかしテレビ塔の最寄り駅は、東山線の栄駅であるのか、名城線・桜通線の久屋大通駅であるのかは、微妙なところ。しかも住所は錦三丁目。ざっくりと栄として良いものだろうか。悩むところである。

取材のために街を歩いていると、よくこういった悩みに出会う。悩む必要などないのかもしれないが、街歩きも人生も、悩みがなければ物足らない。

昭和区

いつか来る季節

上右：中京大学付近
上左：興正寺五重塔と中京テレビ鉄塔
下右：五重塔と大仏さま（興正寺）
下左：西山本堂（興正寺）

以前昭和区高峰町には、中京テレビがあった。現在は名古屋駅近くのささしまライブに移転し、旧社屋も解体されているが、高校生の頃、高峰町の中京テレビに行ったことがある。当時中京テレビが制作していた「5時SATマガジン」という人気番組。友人がそのスタジオ観覧に往復ハガキで応募し、当たったのである。一枚で五人まで可能ということだったので、そのおこぼれにあずかった、というわけだ。

高校生だった私は中京テレビがどこにあるか知らなかったので、テレビ局に行く、と聞いて、てっきり栄方面へ行くのだろうと思っていた。ところが友人は、八事に行くという。豊田市内の学校に通っていたので、土曜日の授業終了後、男子五人で豊田市駅から名鉄豊田線を経由し、赤池から鶴舞線へ乗り入れる電車に乗った。この電車には、大須へ遊びに行く時などに何度も乗っていたが、八事で降りるのは初めてだった。

八事で降りた時、「本当にこんなところにテレビ局があるのか?」と不安になった。「地図で調べて来た」という友人について坂を上って行くと、ますます街並みが閑静になってゆく。でも、電波塔のようなものが見えるし、それにも確実に近づいている。そのまましばらく歩くと、本当にテレビ局があった。

スタジオ観覧の帰り、友人と「ナンパしてみようぜ」という話になり、制服を着て観覧に来ていた女子高生のグループに声を掛けた。私が通っていたのは男子校だったので、とにかく女子と話したかったのだ。奮闘の末、なんとか一緒にドーナツを食べることに成功したのだが、その中の一人に私は淡い恋心を抱いた。一つ年上の、長い髪をした、清楚で可憐な少女だった。

連絡先を交換して、後日デートに誘ったのだが、あっさりとふられた。私の態度や物言いに品がなかったからではないか、と思う。育ちの良さそうな彼女に、私はきっと釣り合わなかったのだ。きっと彼女は高嶺の花ならぬ、高峰の花であったのだ。

瑞穂区

お達者で

上：新瑞橋駅
中右：雁道商店街
中左：栄市場
下：賑町商店街

何事においても行き当たりばったりな私でも、時々老後の生活のことを考えることがある。年金がどうとか、貯蓄はいくらぐらいあったらいいかとか、健康についてだとか、介護施設はどんなところに入ったらいいのかとか、そういった具体的なことを考えるわけではない。いかに楽しく、快適に老後を過ごすか、というところである。

歳を取れば車に乗らなくなるかもしれない。では電車で移動しようか、となるが、駅というのは基本的に広く、階段や段差なども多そうだ。エスカレーターが設置されていても、上りだけだったり、下りだけだったりするところも多い。エレベーターも一基しかないところが多くて、ちょっと大周りをしなくてはならなかったりもする。色々考えた結果、徒歩や自転車で行ける範囲内に日常の生活をまかなうに充分な施設があり、移動は出来ればバスがいい、との考えに至った。

日常の買い物をまかなうに充分、とはいっても、サービスがマニュアル化されたコンビニや大規模スーパーでは味気ない。もちろん、日頃から家族とよく話したり、友達の多い人ならばそちらのほうが便利なのかもしれないけれども、私の場合、いつ妻に捨てられるかもわからないし、息子は甘やかして育てたため、親孝行はしてくれないだろう。友達も多くはおらず、孤独な老後を過ごす可能性があるので、買い物のついでにちょっと話しをする、といった程度の、人のぬくもりは確保したいところだ。

そんなわけで、どこかに出掛けるたび、この街は老後の生活に適しているだろうか、と考える癖がついてしまった。色々歩き回った中でも瑞穂区の雁道辺りは、私の中でかなりポイントが高い。栄市場はもちろんのこと、行きつけに出来そうないい喫茶店も何軒かあった。商店街の規模もちょうどよく、散歩をするのにいいだろう。

こういった街は貴重だ。ぜひ私が老後を迎えるまで、元気であって欲しい。

熱田区

七五三ときよめ餅

上右：六番町交差点
上左：熱田神宮
中：神宮前駅
下：きよめ餅総本家

数ある名古屋名物の中でも、きよめ餅は私の好みにかなり合っている。まず、あの絶妙なやわらかさ。食べる前に手に持ち、ぷにぷにやりたくなる。そして餅とあんこの絶妙なハーモニー。餅とあんこというのは極めてオーソドックスな組み合わせで、大福や伊勢の名物赤福餅、桑名の名物安永餅、姿形は大きく違うが、ぜんざいなどもそうだろうか。あんこと餅の割合や、あんこの種類、調理法など様々あり、全国津々浦々で食されているが、あんこと餅のハーモニーという点について言うと、どのお菓子も全部違う。

きよめ餅の特徴は、まずお餅の部分に羽二重餅を使っているので、きめが細かく、柔らかで、口当たりがなめらか。また、大福などと比べて、餅の部分が薄い。あんこはこしあん。甘味はわりと強いが、トラディショナルな甘さ、というのか、深みがあって上品だ。

また、伊勢の名物赤福餅は、餅の上にあんこがのせられている。きよめ餅は、あんこを餅で包んである。つまり伊勢ではあんこが外で、餅が内。熱田では餅が外で、あんこが内。伊勢と熱田、どちらも神宮の門前。そんな共通点がありながら、表裏がまったくさかさまなお菓子が名物となっているのは、単なる偶然だろうか。

古い宿場町などを歩いていると、大体伝統的なお菓子というのは、あんこと餅で作られている。江戸時代にお伊勢参りをした人々は、長い旅路の中で、相当あんこと餅を食したのではないだろうか。昔の旅は徒歩だ。歩けばそれなりにエネルギーを消費する。くたびれた身体にあんこと餅。ぴったりな組み合わせである。

それでも、どこの宿場でもあんこと餅では、旅人も飽きるだろう。生クリームもメレンゲもない時代。使える材料は限られている。そこで宿場の人々は、あんこと共に様々なアイデアを練ったのではないだろうか。そんなことを考えながら街を歩き、ほどよい疲労感を感じたところで、きよめ餅とお茶で一服つける。小さな幸せを感じる時だ。

中川区

利家とまつ

上右：中川運河より名古屋駅方面
上左：荒子観音
中左：中川運河より海方面
下：荒子駅

中川区には、普段着の街、というイメージがある。中川区に住んだことはないが、気楽にのびのびと生活出来る街なのではないかな、と思う。

私は、うろうろするのが好きだ。散歩、サイクリング、ドライブなどをよくするが、うろうろしていて飽きないのはどんなところかというと、こういう普段着の街である。人が気楽に生活している場所というのは、同じ景色の中にいても常に変化がある。人は気取って歩けば歩くほど、個性を失うのだ。それはどうしてかというと、気取って歩こうとすれば、おしゃれをしなくてはならないし、そのおしゃれには流行もしくは、完成された定番のスタイルがある。歩き方だって、だらだらとは歩けない。背筋を伸ばして、極端なガニ股や内股にならないように注意しなくてはならない。いわゆる、正しい歩き方。正しい歩き方は格好良いが、そこに個性を出すのは難しい。おしゃれも一緒だ。流行を追いかけたり、完成されたスタイル、すなわち正しいおしゃれを追い求めれば個性が薄れる。自分なりの新しいスタイルを確立するのは、かなりの上級者でなければ難しい。

街並みもまた、そうなのである。大手のデベロッパーが開発する新しい住宅地などでは、街並みを統一させ、それをセールスポイントとすることがある。するとその一帯は、同じような建物ばかりが並ぶことになる。確かに見た目は美しい。しかし、個性は出しにくい。散歩をするにしても、公園を歩いているような気分になるだろう。公園を散歩するのも悪くはないが、街を散歩するのと公園を散歩するのでは、そもそもの目的が違う。

そこに生活する人々の都合や目的が複雑に絡み合って出来上がった街というのは、面白いのだ。そんな面白い街が出来上がるには、人々が気取っていては無理。おのおのが自由でなければ。中川区からはそんな自由を感じる。そしてそれはそのまま、名古屋という街の魅力や面白さにつながっているようにも感じられる。

港区

水辺にて

上：フェリー埠頭
中右：藤前干潟
中左：野跡交差点
下：名古屋港駅

名古屋港の貨物取扱高は日本一である。ということは、名古屋市港区は日本一の港区であると言える。あまりイメージがないかもしれないが、名古屋というのは港街なのである。ただしその港が、横浜や神戸のようにあまり観光地化されていない。金城埠頭やガーデン埠頭には、レジャー施設やショッピング施設があるけれども、それは施設が観光客やレジャー客を呼び寄せるだけで、港そのものの雰囲気を味わうのとは、少し趣が違っているように思う。

名古屋の港は本当に広大で、観光客やレジャー客があまり足を踏み入れないところも多い。しかし実は、そんなところがわりと面白いのである。たとえば、夜景の好きな人や、工場の好きな方にはおなじみの、潮見埠頭の突当たり。ここからは新日鉄住金名古屋製鉄所が眺められる。私のお気に入りの場所だ。

レゴランドやJR東海のリニア・鉄道館を訪れた際に、少し足を伸ばして寄っていただきたいのが、金城埠頭地区緑地だ。ここは公園のようになっていて、土を盛って造られたのであろう小山に登れば、名古屋港にかかる名港中央大橋や名港西大橋がよく見えるし、名古屋港が非常に大きく、活気のある港であることがわかる。

また、そんな大きな港ある伊勢湾の最奥部に、ラムサール条約の登録地である藤前干潟があるのも興味深い。二百万以上の人間が暮らす街の片隅に、多様な生物が生息していたり、飛来したりしているのだ。この藤前干潟も以前は、ごみ埋め立て予定地とされたことがあった。干潟を守ろうとする人々の良心によって、この計画はなくなったが、これは賢明な選択であったと思う。

今でも藤前干潟では、様々な生物が確認できる。時にはそんな隣人たちに思いをはせてみるのも、よいのではないのだろうか。

南区　いい景色

上：東港駅
中右：JR 笠寺駅付近
中左：笠寺観音
下：柴田駅付近

工業都市であるとの印象が強い名古屋。その中心となるのは、南区や港区だろう。工業は多くの人々の生活を支え、大きなお金を生みだす。そのお金の生まれる源が、技術であったり、手間であったり、汗であったりするところに、私はなぜか尊さを感じる。額に汗して働くという、至極まっとうな人間の生活。これは工業に限ったことではない。農業でも、商業でも、漁業でも、林業でも、ものを作ったり、育てたり、収穫したり、採集したり、加工したり、販売をしたり、サービスをしたりする職業すべてにいえることだ。

こんな考え方はもう古いのだろうか。今やもっとスマートにお金を稼ぐのが、流行なのだろうか。しかしどうしても、手から直接生まれるお金は、尊いような気がしてしまう。これは、私の勝手な思い込みに過ぎないのかもしれない。または、小説家などという胡散臭い職業に従ずる者の、劣等感の現れなのかもしれない。ただ、汗を流し生活をする人々がまぶしく見えるのは、偽りのない気持ちである。

私もかつては、額に汗してなんたら、ということをしていた。書斎に座ってばかりいる今と比べると、メシや酒は美味かったように思う。こう言うと、過去を美化しているだけのように思えるかもしれないけれど、額に汗して働くというのはそういうことだ。肩を痛めたり、腰を痛めたりしたし、朝早く起きるのが辛くて、仕事を辞めてしまったこともあった。繰り返しになるが、それでもメシや酒は美味かったように思う。

そんな私ではあるが、工場を眺めるのは今でも好きだ。パイプが複雑に絡み合っていたり、所々から湯気が出ていたり。貨物列車を見ても、なんだかワクワクする。上手くは説明出来ないが、必然的に生まれたものの美しさ、だろうか。気取っていないのにかっこいい。無造作なのにかっこいい。それが本当にかっこいいということではないのだろうか。

なんてことを気取って書いている私はやはり、かっこわるいのだろう。

守山区

オオモリーゼのために

上：ゆとりーとライン金屋駅
中右：小幡駅
中左：小幡駅前
下：小幡緑地

もう十五、六年前になるか、不動産業に携わっていたことがある。その頃守山の吉根辺りは区画整理が行われていて、整然と区画されたまっさらな土地が広がっていた。その中にオープンしたばかりのイオンがどーんとあって、ああ、ここはこれから発展してゆくのだなあ、と思った。不動産屋として、なんとかここで儲けられないかな、と思っていたのだが、なかなか上手く行かず、モタモタしているうちに会社がなくなってしまった。

その頃息子はまだ一歳。大学まで出すとして、あと二十一年あるな、と職を失った私は途方にくれた。妻はその頃働いておらず、私は一人で家族を背負わなくてはならない立場にあった。しかし妻は、非常に楽天的で強い人間である。守山区のとある場所で開かれていた、パソコン教室に通い始めた。二人で頑張ればなんとかなる、というのである。

失業中の私は、妻をパソコン教室に送って行き、息子の面倒をみた。息子は電車に興味を持ち始めていたので、パソコン教室近くの瀬戸線沿いに、二人で電車を見に行った。手をつないで線路沿いを歩いていると、息子は電車が通るたび、指を差し、声を上げて喜んだ。たしか、小幡駅近くの踏切だったと思うが、そこに差しかかったとき、息子が突然道路わきにちょこんと腰を下ろした。きっとそこが、ベストポジションだと思ったのだろう。手を引っ張られ、隣に座るよう促されたので、私も座って、二人でしばらく電車を眺めた。通り過ぎてゆくおじさんやおばさんが、息子に向かって微笑みながら「もうすぐ電車来るからね」などと声を掛けてくれた。息子はその日から、電車のおもちゃで遊びながら「カコン、カコン」と踏切りの音の真似をするようになった。わが子ながら、賢いなあ、と思った。

守山を歩くと、あの日のことを思い出す。二人で道端に座り、道行く人から微笑みを受けた日。息子が踏切りの音の真似をするようになった日。途方にくれながらも、明るい未来を想像出来た日。

緑区

桶狭間の戦い

上：有松の町並み
中右：桶狭間古戦場公園
中左：ありまつ福よせ雛
下：有松駅前

小学生の頃、歴史に興味を持ち始めた。きっかけは「徳川家康」というＮＨＫの大河ドラマだ。私の故郷岡崎市は、徳川家康の生誕地である。だから戦国時代の歴史が、とても身近に感じられたのだ。戦国時代は日本の歴史の中でも派手というか、とっつきやすいというか、子どもにもウケが良い。その上三英傑の出身地である愛知県には、戦国時代の史跡が多い。それはとても幸せなことだった。

いい大人になっても、歴史の舞台となった場所に行くと、子どものようにワクワクしてしまう。これはもう習性というか、すっかり身体に沁みついてしまっている。きっかけとなったのは戦国時代だが、歴史は知れば知るほど面白くなるので、古墳を見てもテンションが上がるし、明治の面影にだって心が躍る。神社仏閣を巡るのも好きだが、それもやはり歴史を感じることが出来るからだと思う。もしあの時、歴史に興味を持たなかったら、私は今ごろどこを観光していたのだろう。歴史への興味から、古い時代に思いをはせることを覚え、歴史に名を残す人物だけでなく、名もなき人々の昔の生活を想像する楽しみを知った。これが民俗学的な興味にもつながっている。

愛知県内に沢山ある史跡の中でも、桶狭間は第一級の場所であると言えるのではなかろうか。桶狭間における信長の、半ば捨て鉢にも思える戦い方。天が味方したのか、それとも緻密な策略があったのか。それは歴史書も、教科書もあてにならない。桶狭間山の上に立ち、想像を働かせるしかない。

桶狭間古戦場の北辺りで、国道一号を旧道に逸れると現れる、有松の古い町並みも素晴らしい。地形上、耕作できる土地が少なかったことから盛んになったと言われる、有松・鳴海絞。そのおかげか有松界隈には、随分立派な家並みが並んでいる。歴史や時代は、天下人の手によってのみ作られるものではない。たくましく生きた庶民によって、支えられてきた部分もあるのだ。それは現代でも、同じだろう。

名東区

名東ジャングル

上右：名古屋市交通局藤が丘工場
上左：愛知カンツリー倶楽部
下右：藤が丘駅付近
下左：牧野ヶ池緑地牧野池

名東区は、転勤で名古屋に来られた方の多いところ。名古屋の東部、緩やかな丘陵地にあり、閑静な住環境という点においては申し分ない。地下鉄東山線が通っており、企業の本社や支社の多く集まる栄や伏見、名駅までも一本で通える。名古屋は車社会と言われるが、市内ならば案外と地下鉄や市バスでなんとかなる。近所への買い物用に、自転車の一台もあればよいだろうか。もっとも、名東区は丘陵地帯で坂が多いので、電動アシスト付きをおすすめするが。

名東区には若い頃、住んでいたことがある。当時はバンドをやっていて生活が苦しく、友人宅に居候していたのだ。家主であった友人は、仲間内では凄腕のドラマーとして知られていた。ドラムの上達のためには、練習が不可欠。それも電話帳をぽこぽこ叩くよりは、本物のドラムセットで練習した方がいい。ドラムというのは音が大きいので、自宅で練習するのは難しい。まして、安アパートだ。部屋でドラムを叩けば、即刻大家さんに追い出されるだろう。では、なぜその友人が凄腕のドラマーになれたのかというと、名東区の豊かな自然のおかげであるとしか言えない。

友人は機材車でもあったハイエースの荷台にドラムセットを組み、夜な夜な牧野ヶ池緑地の奥深くに入り込んで車を停め、思う存分練習をしていたのである。ゴルフ場にも公園にも、夜ともなれば人はいない。牧野ヶ池緑地は広いため、近隣の住宅からも苦情は来ない。うまいことを考えたものだ。凄腕のドラマーになりたい人は、参考にしてみてはどうか。

名古屋はゴルフ好きにはいい街だ、というのは、タクシードライバー時代に、実際に転勤族のお客さんから聞いた話である。私が乗せたのは、送別会の帰りで、間もなく東京に転勤になるとのことだった。お気に入りのコースでもあったのだろうか。本当に残念そうだった。

天白区

平針

上：運転免許試験場タクシー乗り場
中右：平針駅
中左：試験場コース入口
下：平針駅

私は普通自動車二種免許を持っているけれども、やはり平針で取得した。普通自動車免許もそうだ。十八歳の時、平針で筆記試験を受けて取得した。

小説に書いた通り、私も養成社員でタクシー会社に入り、小説の主人公と同じようにして普通自動車二種免許を取ったのだけれども、タクシードライバーとしては一年も持たなかった。タクシードライバーの仕事は過酷だ。私が乗務していたのは随分昔のことだから、現在は労働条件もいくらか改善されているのかもしれないが、まず、生活のリズムがめちゃくちゃになる。たとえば、「本番勤務」という勤務形態の場合、朝出勤して、休憩をはさみながらではあるが、翌朝まで乗務。翌日は明け番。その翌日は朝出勤して……の繰り返し。二四時間のサイクルで生活していたのが、四十八時間サイクルになるのである。また私は「二車三」という勤務も経験した。これは朝出勤し、深夜に車庫に戻る。仮眠してまた朝から深夜まで乗務し、その翌日は休み。これを二台の車を使って、三人のグループで繰り返す。つまり、二車を三人で回すから「二車三」。「本番」と比べると、「二車三」は本当にきつかった。しかも売り上げは思うように上がらず、酔っ払いにはからまれるし、機嫌の悪いお客さんには八つ当たりされる。事故やタクシー強盗の危険も常にある。そんな中で私は身体を壊した。

それでも平針に行くと、なんだか懐かしいような気分になる。毎日通って、なんとか取得した普通自動車二種免許。蝶ネクタイをして、乗務した日々。大変な仕事ではあったが、優しくして下さる人たちもいた。「お釣りはいいよ」と気前よく言って下さった紳士、「大変ね。頑張ってね」と栄養ドリンクを差し入れて下さった高級クラブのママさん、趣味の手芸で作ったマスコット人形を、「もらってやってくれない?」と差し出して下さった、品のいいおばあさま。

タクシードライバーになったのは、面白そうだったから。実際になってみたら想像以上に大変だったけれど、想像以上に面白い仕事でもあった。

岡崎、豊田　どうする？　どうする？

上：足助城からの眺め
下右：本多忠勝誕生地
下左：岡崎城

本多平八郎忠勝という武将には、特別な魅力を感じる。戦国最強の武将とも言われ、武勇や逸話には事欠かない。その上、鹿角脇立兜に黒糸威胴丸具足。愛用の槍は蜻蛉切り、愛馬は三国黒。何から何まで格好いいのである。

私は小さい頃、大樹寺の隣にある保育園に通っていた。毎朝山門の前の坂を母の自転車の後ろに乗って登っていたのだが、あそこにさしかかると母はいつも途中で足を着き、自転車を押した。私も「重いから」と降ろされ、歩いて登った。その頃は多宝塔の美しさも、山門の立派さもてんでわからず、山門に仁王さまがいないことから、「しょぼいお寺だな」ぐらいのことを思っていた。小学校の写生大会も大樹寺で行われたし、非常に身近なお寺ではあったが、高学年になり、歴史に興味を持つまで、あのお寺のすごさや素晴らしさには気がつかなかった。無知というのは本当に恐ろしいものである。

また、ここ数年気に入っているのが、足助城である。なぜここ数年かというと、数年前に初めて行ったからだ。足助城が「城跡公園足助城」として整備されたのが、平成五年のこと。それからほんの数年前まで一度も行ったことがなかった。

香嵐渓や足助の町には、紅葉を見に行ったり、川べりへ涼みに行ったり、近いこともあって年に何度か行っていたのだが、足助城までは足を伸ばさなかった理由は特に思いつかない。名古屋や三河近辺には、同じような方も多いのではないだろうか。

だが、行ってみたら、一発で気に入ってしまった。私は城が好きなので、旅行へ行った先に城や城跡があれば、大体立ち寄る。それでも、戦国時代には沢山あったのであろう、いわば地味な城がこんなによく再現されている場所は、あまり見たことがない。なぜ今まで来なかったのだろう、と後悔した。

身近な場所ではつい油断してしまうのだろうか。知らないというのは恐ろしいこと、というか、損なことである。

恵那、中津川　どうする？　どうする？

上右：日本大正村
上左：日本大正村
下右：中津川駅前
下左：苗木城跡からの眺め

恵那、中津川辺りは、名古屋から比較的近い場所であるにもかかわらず、旅情のようなものを感じることが出来る場所だ。岩村も明智も、山の間にぎゅっとコンパクトにまとまった、可愛らしい町。こういった感じの町というのは、スーパーもしくはよろず屋、酒屋、最近ではコンビニもそうだろうか、日用品や食料を買える店が何軒かあって、また何軒かの飲食店もあって、その中で一通りの生活が成り立つようになっているところが多い。外から訪れる人間の身勝手な感慨に過ぎないのかもしれないが、私は山間にある小さな町に出会うたび、小さな宇宙と言うのか、まるで盆栽を見ているような趣を感じる。

中津川は、木曽路の入り口である。中津川市内にある旧中山道落合宿と馬籠宿の間には「是より北木曽路」の碑があり、その前に立つと、島崎藤村の「夜明け前」の書き出し、「木曽路はすべて山の中である」という一節に、しみじみと感じ入ることが出来る。

恵那、中津川方面の名物といえば、やはり「栗きんとん」だろう。炊きあげられた栗を裏ごしし、砂糖を加えて練り、布巾で絞って作られるこのお菓子は、名古屋市内や私の地元である岡崎市でも作られているが、恵那や中津川には有名店も多く、こちらで買うのは少し特別な感じがする。関東のほうではあまり作られていないのか、東京へ出掛ける際におみやげとして持参すると珍しがられ、大層評判がいい。だから私は秋になると、もっぱらこれだ。

小説を書く際、特に短編小説や掌編小説を書く場合、サイズと筋運びのために、書くことを非常にシビアに選別しなくてはならない。それにはいつも頭を悩ませるのだが、恵那と中津川を書いた時には、特に大変であった。この恵那・中津川であきらめたところのうちもっとも惜しいと感じたのは、坂折棚田だ。はしご田と呼ばれる、石積みの棚田が美しいところ。いつか機会があれば、書いてみたいと思っている。

常滑、四日市

男の器

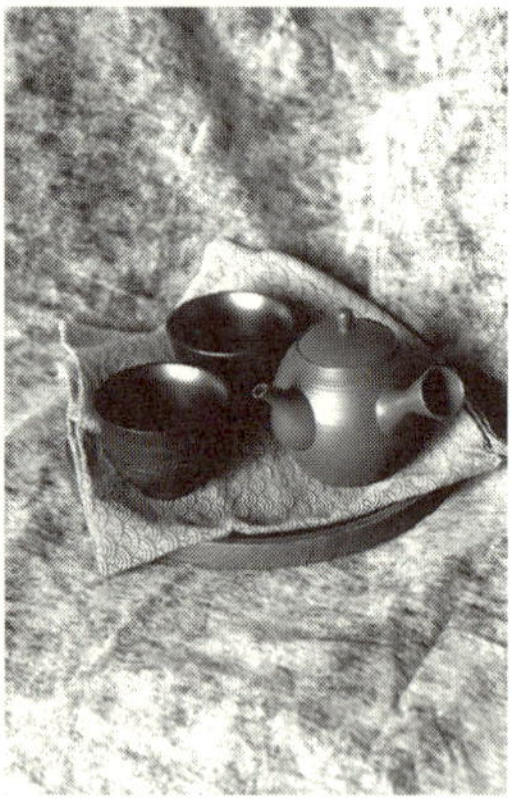

上右：常滑の町
上左：常滑土管坂
下右：朱泥と紫泥
下左：四日市駅前

私は常滑で買った、本朱泥の急須を持っている。この小説を書くために常滑のセラモールを訪れ、その中にあるお店で買ったのだ。価格はやはり一万円ぐらいした。家庭で普段使いとして使うには、やや小さすぎるもの。お湯を一杯に入れても、小さな湯のみにぎりぎり二杯とれるかどうか。来客が二人以上あったら対応出来ないし、夕食時に家族のお茶を入れるにも小さい。それでも大変気に入っている。

以前にも常滑の急須を持っていたのだが、妻が割ってしまい、その後はずっとステンレスの茶こしのついた、普段使いの急須でお茶を飲んでいた。そろそろもうちょっとマシな急須が欲しいな、と思いながら常滑へ行き、ぶらぶらお店をひやかしつつ、ご主人に話を聞いたりして選んだ。常滑では様々な急須が作られているが、その中から本朱泥を選んだのは、シンプルでありながら美しい姿をしていることと、ご主人が「どうぞ」と本朱泥の急須で淹れてくれたお茶が美味しかったからだ。

朱泥の急須を買った翌日、四日市へ行った。もちろん狙いは紫泥である。朱泥と紫泥は、焼き方こそ違うものの、土の質は似ている。ということは、生まれた時は似ていたのに、育ってみたらそれぞれ異なる個性を持つようになった、兄弟姉妹のようなものではないか。ならばそれを組み合わせてお茶を飲んだら、どうなるのだろう。二つの異なる個性が対立するのではなく、うまく調和するかもしれない。という実験というか、趣向というか、まあ、遊びだ。異なる個性を持つものが、調和することで素晴らしい何かを生み出すというのは、音楽などでもそうだろう。オーケストラやバンドは、様々な楽器やメンバーで構成されている。しかし、個性があまりにかけ離れていすぎては、調和を得るのは難しい。トランペットと尺八よりは、フルートとクラリネットのほうが、うまく行きやすいはずだ。

帰宅後、朱泥の急須で淹れたお茶を、妻と二人、紫泥の湯のみで飲んでみた。卓上の景色は、なかなかのものであった。

多治見、土岐　男の器

上：多治見駅前
中右：多治見駅前
中左：道の駅どんぶり会館
下：多治見市美濃焼ミュージアム

美濃は本当に色々なものを焼いている。私はやきものを見て回るのが好きなので、「多治見・土岐編」を書くにあたって、美術館や販売店を随分回った。半分は仕事で、半分は趣味である。

多治見市や土岐市のある東濃地方は、さすがに日本一の産地だけあって、美術館も販売店も数が多い。当然全部は回りきれなかったが、それでも豊かで楽しい経験だった。道の駅というのが全国津々浦々にあるけれど、大体どこも地域の特産品を売っている。やきものが特産品である土岐市もその例にもれず、道の駅でやきものを売っていた。小説にも書いた「道の駅　土岐美濃焼街道　どんぶり会館」の他にも、「道の駅　志野・織部」というところもあって、どちらも品ぞろえが豊富であった。

多治見市や土岐市と、セトモノで有名な愛知県瀬戸市は、山の向こうとこっち、といった感じで隣接しており、歴史上も現在も関わりが深い。そしてもちろん、瀬戸市にある「道の駅　瀬戸しなの」でもやきものを売っている。品ぞろえも豊富。

食器が欲しい時には、県境を越えて、これらの場所をはしごする、というのはどうだろう。場所もわかりやすく、車の駐車にも困らない道の駅をめぐるだけで、沢山の食器を見られるし、車で行ったり来たりしても、それほど苦にはならない距離だ。どこも品ぞろえが豊富なので、気に入るものもきっと見つかるだろう。

美濃と瀬戸は、やきものの性質もよく似ていて、志野、織部、黄瀬戸、瀬戸黒など、主だった焼き方も共通しているが、なんでも焼いている、というのも同じである。もっとも、ルーツは同じであるし、現在は行政区分で分かれてはいるが、あの一帯を一つの産地と捉えてもいいぐらいである。

とにかくあの一帯では、すごい数のやきものが焼かれ、販売されている。それも比較的安価に購入出来る。そこに気軽に出掛けられるというのは、とても贅沢なことではないだろうか。

桑名、木曽岬

温泉同好会

上右：オートレストラン長島
上左：オートレストラン長島入口
下右：近鉄長島駅
下左：木曽岬温泉ゴールデンランド

温泉大国である日本。昨今は温泉を掘る技術が進歩したのだろうか、それとも健康や美容に対する意識が高くなったのか、スーパー銭湯やサウナ、シティホテルやビジネスホテルの看板にも、「天然温泉」という文字が増えたような気がする。

日本国内であれば大体どこでも、千メートルほど掘れば温泉が出る、という話を聞いたことがある。すべてが温泉法の定義に当てはまる温泉であるかどうかはわからないし、お湯がぬる過ぎて沸かす必要があったり、入浴施設を営業するのに充分なだけの湯量が確保出来るわけではないのだろうけれど、もしそうだとしても日本は、温泉に恵まれた国であると思う。

小説に書いた、長島温泉オートレストラン長島と木曽岬温泉ゴールデンランドは、いわゆる「源泉かけ流し」を売り物にしていた。どちらも一風変わった入浴施設であったが、お湯そのものは素晴らしく、「入浴味がいい」とでも言ったらいいのだろうか、独特の味わいがあった。

ところが残念ながら、２０１７年3月をもって、オートレストラン長島は営業を終了してしまった。その後別の経営者によって、レストランはリニューアルオープンをしたようだが、入浴施設とゲームコーナーについては、今のところ再開されていない。

若い頃、釣りに凝っていたことがあって、夜釣りの帰りによくこのオートレストラン長島に寄った。当時はここに限らず、まだ国道沿いにオートレストランというのがあって、ハンバーガーやうどんの自動販売機が並んでいた。パンのしなっとしたハンバーガーや、すっかりのびきってしまったようなやわらかいうどんには、「うままずい」というのだろうか、B級的なおいしさがあって好きだった。そういったハンバーガーやうどんは、今やすっかり貴重になってしまった。独特の「入浴味」を持つ、温泉施設のように。

弥富、蟠江

温泉同好会

上右：近鉄蟠江駅
中右：尾張温泉東海センター
中左：尾張温泉東海センター
下：弥富金魚養殖池

弥富には、幼い頃から関心を持っていた。その理由は、上田馬之助の故郷であるからだ。

少年だった私は、当時多くの子どもがそうだったように、プロレスに関心を持っていた。特に心を惹かれていたのは、時に反則技を使いながらも、めちゃめちゃに暴れまわる、悪役レスラーたちだ。反則が悪いことだとは知っていたが、その強烈な存在感に、善悪だとか正義だとか行った概念を超えて、興奮していたのである。

子ども向けのプロレス年鑑のような本で、日本を代表する悪役レスラーであった上田馬之助が、愛知県の弥富出身であると知った。ほお、同じ愛知県の出身なのか、と嬉しかったが、弥富という地名にはピンとこなかった。父に「弥富ってどこにあるの？」と質問すると、「長島に行くときに通るだろうが。木曽川のちょっと手前だ」と教えてくれた。

次にナガシマスパーランドに連れて行ってもらった際に、市区町村の境界にある「弥富町（当時）」と書かれた表示をみつけた私は、窓の外を興味深く見つめた。国道脇に建物がぽつぽつ、あとは田園が広く続いている、のどかな風景。そこで遊ぶ、少年上田馬之助の姿を想像し、ここがあのでっかくて、強い身体を育んだ町か、と感慨にふけった。これが私と弥富の出会いである。

今わが家には、弥富生まれの文鳥がいる。上田馬之助と同郷であるためか、少々気が荒いが、健康である。もう六歳になるけれど、病気一つしたことがない。

健康といえば、蟹江町の尾張温泉東海センター。ここのお風呂は素晴らしい。私も取材がてら浸かってきたのだが、お湯が濃いというのか、いかにも効きそうな気がした。浴室も広く、でっかい岩がゴロゴロ並んでいて、建物や設備は古いけれども、清潔だ。浴室を出たところにビールなどが飲めるコーナーがあったが、私は車を運転して行ったので、残念ながら飲めなかった。今度は酒を飲まない妻と一緒に行き、帰りの運転を頼もうと思う。風呂上がりにあそこで飲むビールは、絶対に美味いはず。

鈴鹿、亀山　いつかのロマンス

上右：椿大神社　別宮椿岸神社
上左：亀山宿
下右：亀山宿
下左：亀山駅前

鈴鹿サーキットがあまりに有名過ぎるせいだろうか。鈴鹿にはモータースポーツの町、というイメージがある。しかし、鈴鹿はそれだけではない。「さぁ、きっともっと鈴鹿。海あり、山あり、匠の技あり」と鈴鹿市都市イメージキャッチコピーにあるように、自然も文化も豊かなところだ。

なかでも「椿大神社」はおすすめスポットである。さすがに由緒と歴史のある神社。厳かな雰囲気に、日頃は猫背気味な私の背筋も思わずピンとなる。あまり信心深い方ではないので、偉そうなことは何も書けないが、単純に参道やお社、そこにある岩や木々が美しいのだ。ほんの真似ごとに過ぎないけれど、作法にしたがってお参りをするだけで心が澄み渡ったような気がする、というのはあまりに軽薄だろうか。だが、そういった軽薄さが現代日本人の典型であるとも言え、軽薄な人間は軽薄な人間なりに、時々は心を澄み渡らせる必要があるとも思うのである。

ＪＲ関西本線・紀勢本線の亀山駅前も、好きなところだ。ここから海沿いに和歌山まで続いている、紀勢本線の起点となる駅であり、かつては伊勢や南紀方面に向かう客でにぎわっていたらしいが、四日市・津間をショートカットする、国鉄伊勢線、現在の伊勢鉄道伊勢線が開通し、優等列車がそちらを通るようになったり、競合する近鉄特急に客をうばわれたり、といった事情によって、次第にローカル輸送を担う駅、といった感じが強くなったようだ。しかし現在でも構内は広く、当時の名残を感じることが出来る。

この駅から旧東海道亀山宿まで、ぶらぶら歩くのも楽しい。亀山は宿場町であると同時に城下町でもあるので、その両方の歴史を感じることが出来る。車で行ったのなら、もしくは健脚の方ならば、お隣の関宿まで足を伸ばしてみるのもいい。きっと「旅をしている」という気分にどっぷり浸れるだろう。

津

いつかのロマンス

上右：阿漕浦ヨットハーバー
上左：津市街
下右：津駅
下左：津観音

色んな町を訪れるたび、「この町に暮らしたらどんな感じだろう」と考えるのが私の癖だ。町を歩きながら、そこで生活する自分の姿を想像するのは案外楽しいもの。よいスーパーはあるか、交通の便はよいか、散歩するにはどうか。不動産屋さんの店先に貼られた物件情報を見て、家賃の相場をチェックしてみたりもする。

私の場合、あまり大都会にあこがれることはない。そもそも人ゴミが苦手だし、車や自転車に乗るのが好きなので、どこまでも市街地が続いているよりは、自然が適度に近い方がいい。かといって普段の生活があまりに不便なのも困る。そう考えると生まれ育った岡崎市や、以前生活していた名古屋市あたりがちょうどいいな、と思うのである。これは、趣向がどうのこうのといったことではなく、そういった生活が身についているからなのだろう。

岡崎市や名古屋市に足りないものはなにか、というと、海の要素である。岡崎市は海に面していないし、名古屋市は海岸の多くが港として整備されており、自然の要素が少ない。もちろん、車や自転車で知多半島や渥美半島、蒲郡や西尾方面の海岸を眺めに行ったり、泳ぎに行ったりは出来るけれど、津の場合は市街地のすぐ近くに、きれいな海岸があるのがいいな、と思うのである。

恋人と海辺を散歩し、腰を下ろして語り合う。そんな素朴な営みに、もしかしたら生きる喜びのすべてが詰まっているのではないか、と考えるのは、いささか短絡的だろうか。人生はもっと険しく、複雑で、絶望的なものなのかもしれない。しかし、である。なぜ人はそれでも生きるのか。それは過酷な現実の中に時々、夢のような瞬間があるからではないのだろうか。そんな夢のような瞬間を感じ、重ね、磨きあげることが、もしかしたら生きる喜び、あるいは生きる意味なのかもしれない。

津の海を眺めながら、いつの間にかそんなことを考えていた。まさに夢のような時間であった。

本書は、二〇一五年三月～二〇一七年二月まで、「中日新聞ほっとWeb」にて連載された作品に加筆、修正し、書き下ろしの「舞台となった街」を加えて書籍化したものです。

広小路 尚祈（ひろこうじ　なおき）

一九七二年、愛知県岡崎市に生まれる。高校を卒業後、職業を転々とし、ホテル従業員、清掃作業員、清涼飲料メーカーのルートセールス、建築板金工事作業員、タクシー運転手、不動産業、消費者金融業など、経験した職種は十以上にのぼる。

二〇〇七年、「だだだな町、ぐぐぐなおれ」が第五〇回群像新人文学賞優秀作に選ばれた。二〇一〇年、「うちに帰ろう」が第一四三回芥川賞候補、二〇一一年、「まちなか」が第一四六回芥川賞候補となる。著書に『うちに帰ろう』（文藝春秋）、『清とこの夜』（中央公論新社）、『金貸しから物書きまで』（中公文庫）などがある。

いつか来る季節　名古屋タクシー物語

２０１７年10月11日　初版第１刷　発行

著　者　広小路尚祈

発行人　江草三四朗

発行所　桜山社
〒４６７-０８０３
名古屋市瑞穂区中山町５-９-３
電話　０５２（８５３）５６７８
ファクシミリ　０５２（８５２）５１０５
http://www.sakurayamasha.com

印刷・製本　モリモト印刷株式会社

ISBN978-4-908957-02-4 C0093

桜山社は、
今を自分らしく全力で生きている人の思いを大切にします。
その人の心根や個性があふれんばかりにたっぷりとつまり、
読者の心にぽっとひとすじの灯りがともるような本。
わくわくして笑顔が自然にこぼれるような本。
宝物のように手元に置いて、繰り返し読みたくなる本。
本を愛する人とともに、一冊の本にぎゅっと愛情をこめて、
ひとりひとりに、ていねいに届けていきます。